U0095742

编委会

高职高专项目导向系列教材

炼化生产过程的检测与控制

孙艳萍　主　编

郑子仙　副主编

赵文军　主　审

化学工业出版社

·北京·

教材的编写围绕两条主线，一条是理论；一条是实际。理论从知识链接和任务实施中体现，实际从训练项目和任务实施中体现，充分体现了当代高职高专教学的需要。在编写的过程中力求简明扼要、深入浅出。全书共分七个学习情境，包括检测仪表的认知、压力的检测、流量的检测、物位的检测、温度的检测、自动控制系统与控制阀的构成、DCS的构成、操作与组态。

　　本书可以作为高职高专炼油技术类专业的专业基础课教材，也可作为相关企业技术人员的参考书和职工培训用书。

图书在版编目（CIP）数据

炼化生产过程的检测与控制/孙艳萍主编. —北京：
化学工业出版社，2012.8
高职高专项目导向系列教材
ISBN 978-7-122-14830-8

Ⅰ.①炼… Ⅱ.①孙… Ⅲ.①石油炼制-生产过程-
检测仪表-高等职业教育-教材　Ⅳ.①TE624

中国版本图书馆 CIP 数据核字（2012）第 158895 号

责任编辑：张双进　廉　静　　　　　文字编辑：云　雷
责任校对：周梦华　　　　　　　　　装帧设计：刘丽华

出版发行：化学工业出版社（北京市东城区青年湖南街 13 号　邮政编码 100011）
印　　装：三河市延风印装厂
787mm×1092mm　1/16　印张 7½　字数 171 千字　2012 年 10 月北京第 1 版第 1 次印刷

购书咨询：010-64518888（传真：010-64519686）　售后服务：010-64518899
网　　址：http://www.cip.com.cn
凡购买本书，如有缺损质量问题，本社销售中心负责调换。

定　　价：22.00 元

序

辽宁石化职业技术学院是于 2002 年经辽宁省政府审批，辽宁省教育厅与中国石油锦州石化公司联合创办的与石化产业紧密对接的独立高职院校，2010 年被确定为首批"国家骨干高职立项建设学校"。多年来，学院深入探索教育教学改革，不断创新人才培养模式。

2007 年，以于雷教授《高等职业教育工学结合人才培养模式理论与实践》报告为引领，学院正式启动工学结合教学改革，评选出 10 名工学结合教学改革能手，奠定了项目化教材建设的人才基础。

2008 年，制定 7 个专业工学结合人才培养方案，确立 21 门工学结合改革课程，建设 13 门特色校本教材，完成了项目化教材建设的初步探索。

2009 年，伴随辽宁省示范校建设，依托校企合作体制机制优势，多元化投资建成特色产学研实训基地，提供了项目化教材内容实施的环境保障。

2010 年，以戴士弘教授《高职课程的能力本位项目化改造》报告为切入点，广大教师进一步解放思想、更新观念，全面进行项目化课程改造，确立了项目化教材建设的指导理念。

2011 年，围绕国家骨干校建设，学院聘请李学锋教授对教师系统培训"基于工作过程系统化的高职课程开发理论"，校企专家共同构建工学结合课程体系，骨干校各重点建设专业分别形成了符合各自实际、突出各自特色的人才培养模式，并全面开展专业核心课程和带动课程的项目导向教材建设工作。

学院整体规划建设的"项目导向系列教材"包括骨干校 5 个重点建设专业（石油化工生产技术、炼油技术、化工设备维修技术、生产过程自动化技术、工业分析与检验）的专业标准与课程标准，以及 52 门课程的项目导向教材。该系列教材体现了当前高等职业教育先进的教育理念，具体体现在以下几点：

在整体设计上，摒弃了学科本位的学术理论中心设计，采用了社会本位的岗位工作任务流程中心设计，保证了教材的职业性；

在内容编排上，以对行业、企业、岗位的调研为基础，以对职业岗位群的责任、任务、工作流程分析为依据，以实际操作的工作任务为载体组织内容，增加了社会需要的新工艺、新技术、新规范、新理念，保证了教材的实用性；

在教学实施上，以学生的能力发展为本位，以实训条件和网络课程资源为手段，融教、学、做为一体，实现了基础理论、职业素质、操作能力同步，保证了教材的有效性；

在课堂评价上，着重过程性评价，弱化终结性评价，把评价作为提升再学习效能的反馈工具，保证了教材的科学性。

目前，该系列校本教材经过校内应用已收到了满意的教学效果，并已应用到企业员工培训工作中，受到了企业工程技术人员的高度评价，希望能够正式出版。根据他们的建议及实际使用效果，学院组织任课教师、企业专家和出版社编辑，对教材内容和形式再次进行了论证、修改和完善，予以整体立项出版，既是对我院几年来教育教学改革成果的一次总结，也希望能够对兄弟院校的教学改革和行业企业的员工培训有所助益。

感谢长期以来关心和支持我院教育教学改革的各位专家与同仁，感谢全体教职员工的辛勤工作，感谢化学工业出版社的大力支持。欢迎大家对我们的教学改革和本次出版的系列教材提出宝贵意见，以便持续改进。

辽宁石化职业技术学院　院长　锋锉誉

2012 年春于锦州

前 言

2010年教育部对国家骨干校建设的首批院校确定建设以来，由于教育事业以及市场经济的发展，社会技术的进步，社会对人才的需求呈现多层次、多规格、多样化的局面。为了更好地为高等职业技术教育服务，满足高等职业技术学院及高等专科学校的教学需求，根据骨干校建设的指导精神，由学校专业课教师和聘请企业技术人员校企合作共同组成课程开发小组，编制了炼化生产过程的检测与控制课程标准。

首先，由课程负责人组织课程开发组人员深入企业、行业对炼化生产过程的检测与控制课程相关内容进行调研。通过问卷调查、现场参观考察、召开不同人员组成（企业专家、一线工人、毕业生）的座谈会、电话调研等手段，广泛听取企业专家的意见和建议，全面了解行业和企业岗位需求状况，了解岗位能力技能及需掌握的知识，明确了常减压生产过程的检测与控制及相关岗位的岗位规范、操作流程和所使用的设备；明确了从事常减压生产过程的检测与控制岗位人员所需的技能和知识；了解了目前常减压生产过程的检测与控制的先进理念和技术。

针对炼化生产过程的检测与控制所涉及的主要职业岗位，开发组人员与一线专家共同探讨，归纳出适合教学的若干相对独立的典型工作过程（教学项目），再对工作项目进行分析，获得每个工作项目的具体工作任务，并对完成任务应掌握的职业能力做出较为详细的描述，形成"岗位、工作任务、职业能力、素质分析表"。

在调研的基础上，教学团队按照岗位任职要求，参照工作岗位职业标准，以课程开发报告为基础，以石化行业职业标准、生产规程、岗位规范和职业资格证书要求为依据，邀请一线生产专家、优秀毕业生、优秀专业教师共同研讨确定职业岗位中与本课程相关的知识、技能、素质要求，据此将常减压操作规程、DCS操作规程、DCS系统操作、DCS操作指导、仪表故障的判断处理与原《化工生产过程的检测与控制》课程内容相结合，按新的课程标准对本课程进行整体设计，然后进行教材的编写工作。

全书共分七个学习情境，每个学习情境都对应具体的工作任务，每个任务都有任务分析、任务实施、训练项目、知识链接、考核五个环节。每个任务的形成、实施都是在广泛听取了常减压装置工艺员、运行操作工、仪表维检修工以及课程组人员的意见之后形成的。每一个任务分析都是针对常减压装置具体的工作岗位，每一个任务实施都是一个完整的工作过程，训练项目中涵盖了为完成任务实施而需要的知识目标和能力目标。

教材的内容虽然是七个情境，但实质是两条主线，一条是理论，一条是实际。理论从知识链接和任务实施中体现，实际从训练项目和任务实施中体现，充分体现了当代高职高专教学的需要。在编写的过程中力求简明扼要、深入浅出，使工艺类专业学生对工业自动化的新发展、新技术有比较全面的了解，以满足培养 21 世纪工艺技术人才的需要。

本书由辽宁石化职业技术学院孙艳萍担任主编，郑子仙担任副主编，张君双参编，锦州石化公司赵文军主审。编写分工如下：孙艳萍编写学习情境一、学习情境四、学习情境五、学习情境六，郑子仙编写学习情境二和学习情境七，张君双编写学习情境三，孙艳萍与郑子仙对全书进行统稿。

在编写过程中得到了锦州石化公司仪表检修队高级工程师李士文、锦州石化公司高级工程师周立岩、质检部工程师赵文军、高级技师左键的大力支持与帮助，在此表示衷心的感谢。

编　者

2012 年 4 月

目 录

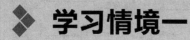
常减压装置检测仪表的认识

【学习目标】

① 了解本课程在专业中的定位；

② 掌握测量过程及测量误差；

③ 认识检测仪表的种类、性能指标及品质指标；能够在装置中识别检测仪表；

④ 了解测量及测量误差；

⑤ 掌握检测仪表的品质指标；

⑥ 了解检测仪表的发展趋势。

【导论】

所谓测量，就是用实验的方法，求出某个量的大小。比如要测量一段导线的长度，就需要用一把米尺与它比一下，看它有多长，即可测知该段导线的长度。用数学式表示如下

$$Q=qV$$

式中　Q——被测值；

　　q——测量值，即被测量与所选测量单位的比值；

　　V——测量单位。

上述这种测量方法，通常叫做直接测量，除此之外，还有间接测量的测量方法。

在测量过程中，由于所使用的测量工具本身不够准确、观测者的主观性和周围环境的影响等，使得测量的结果不可能绝对准确。由仪表读得的被测值（测量值）与被测参数的真实值之间，总是存在一定的差距，这种差距就称为测量误差。

1. 系统误差

又称规律误差，这种误差的大小和方向（即符号）均不随测量过程而改变。产生这种误差的原因，主要有仪表本身的缺陷，观测者的习惯或偏向，外界因素环境条件的变化等。由于这种误差是有一定规律的，所以在测量过程中是容易消除或加以修正的。

2. 疏忽误差

产生这种误差的原因，是由于测量者在测量过程中疏忽大意所致的。它比较容易被发觉，并应将它从测量结果中去掉。只要在测量过程中认真、仔细，就可以避免产生这类误差。

3. 偶然误差

是指在同样的测量条件下，反复多次，每次结果都不重复的误差。这种误差是由一些随机的偶然原因引起的，亦称随机误差。它不易被发觉和修正。偶然误差的大小反映了测量过程的精度。

测量误差通常有两种表示方法，即绝对表示法和相对表示法。

绝对误差在理论上是指仪表指示值 X_1 和被测量的真实值 X_t 之间的差值，可表示为

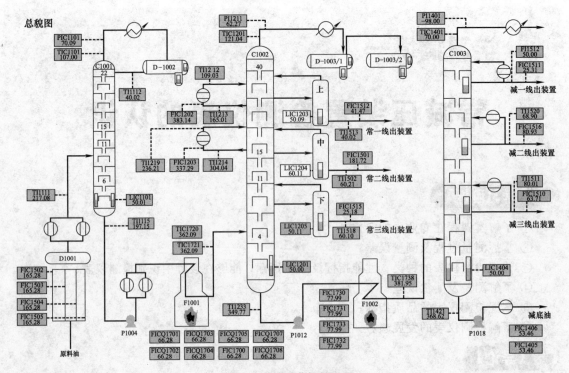

图 1-1　常减压蒸馏总貌图

$$\Delta = X_1 - X_t$$

在工程上，要知道被测量的真实值是困难的。因此，所谓检测仪表在其标尺范围内各点读数的绝对误差，一般是指用被校表（准确度较低）和标准表（准确度较高）同时对同一参数测量所得到的两个读数之差，可用下式表示

$$\Delta = X - X_0$$

式中　Δ——绝对误差；

　　　X——被校表的数值；

　　　X_0——标准表的读数值。

测量误差还可以用相对误差来表示。某一被测量的相对误差等于这一点的绝对误差 Δ 与它的真实值 X_t（或 X_0）之比。可用式子表示

$$\Lambda = \frac{\Delta}{X_0} = \frac{X - X_0}{X_0} \text{ 或 } \frac{X_1 - X_t}{X_t}$$

式中　Λ——仪表在 X_0 处的相对误差。

求取测量误差的目的在于判断测量结果的可靠程度。

【任务分析】

常减压蒸馏就是利用精馏原理根据原油中各个组分的挥发度（沸点）不同，在一定的工艺条件下分离出馏出物（瓦斯、汽油、煤油、柴油、常压渣油）。为了得到合格的馏出物，必须依靠检测仪表对装置的参数进行检测和控制。其中，原油换热器 H-1001CD 出口温度指示等温度检测点 165 点；初馏塔顶压力等压力测量点 74 点；初馏塔顶汽油出装置流量等流量测量点 64 点；初馏塔底液位等液位测量点 33 点。在上面的仪表检测点中包括温度控制点

10 个，液面控制点 21 个，压力控制点 10 个，流量控制点 32 个。在所有的控制点中都有高位和低位报警。

在常减压蒸馏过程中，必须在一定的工艺条件下即满足一定的压力、流量、物位和温度才能生产出合格的产品。因此，对工艺过程中非常重要的参数通过检测仪表要进行严格的检测和控制。

图 1-1 是常减压蒸馏的总貌图。

【任务实施】

根据常减压蒸馏的总貌图完成下列步骤。

步骤一：熟悉常减压工艺流程，主要设备的功能、控制指标。

步骤二：熟悉检测和控制方案，全面掌握设计意图，熟悉各方案的构成，对测量元件的安装位置、管线走向、工艺介质性质等都要心中有数。

步骤三：掌握各种仪表型号、量程、精度；熟悉各种检测仪表的工作原理和结构，掌握使用和维护。

【知识链接】

一、检测仪表的品质指标

一台仪表的优劣，可用它的品质（性能）指标来衡量。现将几项常见的指标简介如下。

1. 检测仪表的准确度（习惯上称精确度）

工业仪表经常将绝对误差折合成仪表标尺范围的百分数表示，称为相对百分误差 δ，即

$$\delta = \frac{\Delta_{max}}{标尺上限值-标尺下限值} \times 100\%$$

根据仪表的使用要求，规定一个在正常情况下允许的最大误差，这个允许的最大误差就叫允许误差。允许误差一般用相对百分误差来表示，即某一台仪表的允许误差是指在规定的正常情况下允许的相对百分误差的最大值，即

$$\delta_允 = \pm \frac{仪表允许的最大绝对误差值}{标尺上限值-标尺下限值} \times 100\%$$

将仪表的允许相对百分误差去掉"±"号及"％"号，剩下的数就是仪表的准确度等级。目前，我国生产的仪表常用的准确度等级有 0.005，0.02，0.05，0.1，0.2，0.4，0.5，1.0，1.5，2.5，4.0 等。

工业现场用的测量仪表，其准确度大多是 0.5 级以下的。

仪表的准确度等级一般可用不同的符号形式标志在仪表面板上，如 0.5，1.0 等。

2. 检测仪表的恒定度

检测仪表的恒定度常用变差（又称来回差）来表示。

它是在外界条件不变的情况下，用同一仪表对某一参数值进行正反行程（即被测参数逐渐由小到大和逐渐由大到小）测量时，仪表正、反行程指示值之间存在的差值，此差值即为变差，如图 1-2 所示。造成变差的原因很多，例如传动机构的间隙、运动件间的摩擦、弹性元件弹性滞后的影响等。变差的大小，用仪表测量同一参数值，正、反行程指示

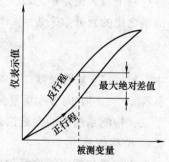

图 1-2　检测仪表的变差

值间的最大绝对差值与仪表标尺范围之比的百分数表示，即

$$变差 = \frac{最大绝对差值}{标尺上限值 - 标尺下限值} \times 100\%$$

必须注意，仪表的变差不能超出仪表的允许误差，否则应及时检修。

3. 灵敏度与灵敏限（也叫灵敏阈）

仪表指针的线位移或角位移，与引起这个位移的被测参数变化量的比值称为仪表的灵敏度，用公式表示如下

$$S = \frac{\Delta\alpha}{\Delta x}$$

式中　S——仪表的灵敏度；

　　　$\Delta\alpha$——指针的线位移或角位移；

　　　Δx——引起 $\Delta\alpha$ 所需的被测参数变化量。

所谓仪表的灵敏限，是指引起仪表指针发生动作的被测参数的最小变化量。通常仪表灵敏限的数值应不大于仪表允许绝对误差的一半。

值得注意的是，上述指标一般只适用于指针式仪表。在数字式仪表中，往往用分辨率来表示仪表灵敏度（或灵敏限）的大小。数字式仪表的分辨率就是在仪表的最低量程上最末一位改变一个数所表示的被测参数变化量。

4. 反应时间

仪表的输出信号（即指示值）由开始变化到新稳态值的 63.2% 所用的时间，可用来表示反应时间，也有用变化到新稳态值的 95% 所用的时间来表示反应时间的。

5. 线性度

线性度用来说明输出量与输入量的实际关系曲线偏离直线的程度。

线性度通常用实际测得的输入-输出特性曲线（称为标定曲线）与理论拟合直线之间的最大偏差与检测仪表满量程输出范围之比的百分数来表示（如图 1-3 所示），即

$$\delta_f = \frac{\Delta f_{max}}{仪表量程} \times 100\%$$

式中　δ_f——线性度（又称非线性误差）；

　　　Δf_{max}——标定曲线对于理论拟合直线的最大偏差（以仪表示值的单位计算）。

6. 重复性

重复性表示检测仪表在被测参数按同一方向作全量程连续多次变动时所得标定特性曲线不一致的程度。若标定的特性曲线一致，重复性就好，重复性误差就小。如图 1-4 所示，分别求出沿正反行程多次循环测量的各个测试点仪表示值之间的最大偏差 ΔZ_{max1} 和 ΔZ_{max2}，再取这两个最大偏差中之较大者为 ΔZ_{max}。重复性误差 δ_z 通常用 ΔZ_{max} 与测量仪表满量程输出范围之比的百分数来表示，即

$$\delta_z = \frac{\Delta Z_{max}}{仪表量程} \times 100\%$$

式中　δ_z——重复性误差；

　　　ΔZ_{max}——同方向多次重复测量时仪表示值的最大偏差值（以仪表示值的单位计算）。

二、检测系统中的常见信号类型

1. 位移信号

位移信号包括直线位移和角位移两种形式，它属于一种机械信号。在测量力、压力、质

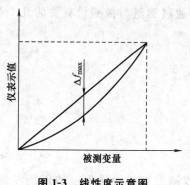

图 1-3　线性度示意图

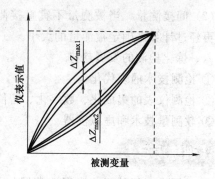

图 1-4　重复性示意图

量、振动等物理量时，通常都首先要把它们转换成位移量，然后再作进一步处理。

2. 压力信号

压力信号包括气压信号和液压信号，工业检测中主要应用气压信号。在气动检测系统中，以净化的恒压空气作为能源，气动传感器（或变送器）将被测参数转换为与之相应的气压信号。

3. 电气信号

常用的电气信号有电压信号、电流信号、阻抗信号和频率信号等。

4. 光信号

光信号包括光通量信号、干涉条纹信号、衍射条纹信号、莫尔条纹信号等。

三、检测系统中信号的传递形式

从传递信号的连续性的观点来看，在检测系统中传递信号的形式可以分为模拟信号、数字信号和开关信号。

1. 模拟信号

在时间上是连续变化的，亦即在任何瞬时都可以确定其数值的信号，称为模拟信号。

2. 数字信号

数字信号是一种以离散形式出现的不连续信号，通常用二进制数"0"和"1"组合的代码序列来表示。

3. 开关信号

用两种状态或用两个数值范围表示的不连续信号叫做开关信号。

四、检测仪表与测量方法的分类

1. 检测仪表的分类

① 依据所测参数的不同，可分成压力（包括差压、负压）检测仪表、流量检测仪表、物位（液位）检测仪表、温度检测仪表、物质成分分析仪表及物性检测仪表等。

② 按表达示数的方式不同，可分成指示型、记录型、讯号型、远传指示型、累积型等。

③ 按精度等级及使用场合的不同，可分为实用仪表、范型仪表和标准仪表，分别使用在现场、实验室和标定室。

2. 测量方法的分类

按照测量结果的获得过程，测量方法可以分为直接测量和间接测量。

（1）直接测量　利用经过标定的仪表对被测参数进行测量，并可以直接从显示结果获得被测参数的具体数值，这种测量方法叫直接测量。

（2）间接测量　当被测量不宜直接测量时，可以通过测量与被测量有关的几个相关量后，再经过计算来确定被测量的大小。

六、炼化检测的发展趋势

① 检测技术的现代化。

② 检测仪表的集成化、数字化、智能化。

③ 软测量技术和虚拟仪器。

 【训练项目】

① 掌握常减压的工艺流程；掌握加热炉炉膛温度测量点的检测仪表的现场安装位置，与仪表维护人员联系，得到这些仪表的说明书，并根据仪表说明书确定仪表的种类及功能。

② 加热炉炉膛温度控制在（800±1）℃内，现有一台 0～1000℃ 精度 1.5 级的温度显示仪表，是否满足测量要求？如不满足，请确定表的类型、量程、精度等级。

【考核】

见表 1-1。

表 1-1　学习情境一的考核表

成果	分值	考核要点	得分
报告	14	是否掌握常减压的工艺流程	
	10	加热炉炉膛温度测量点的检测仪表的现场安装位置是否准确	
	14	是否了解仪表的说明书	
	12	是否掌握仪表的类型、功能	
	12	判断此表是否合格	
	12	所选表的类型是否准确	
	12	所选表的量程是否准确	
	14	所选表的精度是否准确	

压力的检测

【学习目标】

① 掌握常用压力检测仪表；

② 了解压力仪表的选型；

③ 掌握智能压力变送器的结构、工作原理；

④ 了解在线压力仪表的故障处理方法、风险分析；

⑤ 了解大修过程中压力仪表的检修内容。

【导论】

　　炼化生产中，所谓压力是指由气体或液体均匀垂直地作用于单位面积上的力。在炼化生产过程中，经常会遇到压力和真空度的检测，其中包括比大气压力高很多的高压、超高压和比大气压力低很多的真空度的检测。而炼油厂常减压装置，则要在比大气压低很多的真空下进行。如果压力不符合要求，不仅会影响生产效率，降低产品质量，有时还会造成严重的生产事故。在化学反应中，压力既影响物料平衡关系，也影响化学反应速率。所以，压力的检测与控制，对保证生产过程正常进行，达到高产、优质、低消耗和安全是十分重要的。

　　常减压装置是常压蒸馏和减压蒸馏两个装置的总称，因为两个装置通常在一起，故称为常减压装置。主要包括三个工序：原油的脱盐、脱水；常压蒸馏；减压蒸馏。常减压装置的压力测量点一般为几百上千个，这里仅以常压塔的塔顶压力为例说明压力测量在炼化装置的应用。

　　一、压力的定义、单位及表示方法

　　由于压力是指均匀垂直地作用在单位面积上的力，故可用下式表示

$$p = \frac{F}{S} \tag{2-1}$$

　　式中，p 表示压力；F 表示垂直作用力；S 表示受力面积。

　　根据国际单位制（代号为 SI）规定，压力的单位为 Pa（帕斯卡，简称帕），1 帕为 1 牛顿每平方米，即

$$1Pa = 1N/m^2 \tag{2-2}$$

　　帕所代表的压力较小，工程上经常使用 MPa（兆帕）。Pa 与 MPa 之间的关系为

$$1MPa = 1 \times 10^6 Pa \tag{2-3}$$

　　在压力检测中，常有表压力、绝对压力、大气压力、负压或真空度之分，工程上所用的压力指示值，大多为表压（绝对压力计的指示值除外）。表压力是绝对压力和大气压力之差，即

$$p_{表压} = p_{绝对压力} - p_{大气压力}$$

当被测压力低于大气压力时，一般用负压或真空度来表示，它是大气压力与绝对压力之差，即

$$p_{真空度} = p_{大气压力} - p_{绝对压力}$$

二、压力检测仪表的种类、工作原理及适用场合

测量压力和真空度的仪表很多，按照其转换原理的不同，大致可分为四大类。

1. 液柱式压力计

它是根据流体静力学原理，将被测压力转换成液柱高度进行测量的。

2. 弹性式压力计

它是将被测压力转换成弹性元件变形的位移进行测量的。

3. 电气式压力计

它是通过机械和电气元件将被测压力转换成电量（如电压、电流、频率等）来进行测量的仪表。

4. 活塞式压力计

它是根据水压机液体传送压力的原理，将被测压力转换成活塞上所加平衡砝码的重量进行测量的。

子情境一　弹簧管压力检测仪表的认识

【任务分析】

常压塔顶压力的稳定性直接影响产品的质量以及塔的安全性。一般塔顶压力都是稳定不变的，当塔顶压力过高时，会影响塔顶汽油的回收率和产品的质量，严重的会造成安全阀起跳（事故）；当塔顶压力过低时，会造成冲塔事故，因此，常压塔顶压力测量非常重要。

图 2-1 是常压塔塔顶压力的检测系统示意图，图 2-2 是常压塔塔顶压力表检测示意图。

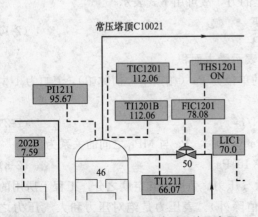

图 2-1　常压塔塔顶压力的检测系统示意图

图 2-2　常压塔塔顶压力表的示意图

【任务实施】

步骤一：仪表的选型

1. 类型的选择

仪表类型的选用必须满足工艺生产的要求；现场环境条件（诸如高温、电磁场、振动及现场安装条件等）对仪表类型有否特殊要求、被测介质的性质等。

2. 量程的选择

根据"化工自控设计技术规定"，在测量稳定压力时，最大工作压力不应超过量程的2/3；测量脉动压力时，最大工作压力不应超过量程的1/2；测量高压压力时，最大工作压力不应超过量程的3/5。

为了保证测量值的准确度，所测的压力值不能太接近于仪表的下限值，亦即仪表的量程不能选得太大，一般被测压力的最小值应不低于仪表满量程的1/3为宜。

常压塔的塔，顶压力一般控制在20kPa左右，最大值不能高于80kPa，所以选用150kPa量程的；因为是常压塔，没有减压装置，所以没有真空度要求，其起始点是0kPa，所以量程范围选择0～150kPa（若是减压塔顶的压力范围则为−100～150kPa）。

3. 精度的选择

仪表准确度是根据工艺生产上所允许的最大测量误差来确定的。在满足工艺要求的前提下，应尽可能选用准确度较低、价廉耐用的仪表。

精度等级选为0.075：根据常用弹簧管压力表型号与规格，选择YZ-150型，0～0.16MPa，精度0.075级的普通弹簧管压力表。

步骤二：压力仪表的安装

压力计的安装正确与否，会影响到测量的准确性和压力计的使用寿命。

1. 测压点的选择

所选择的取压点应能反映被测压力的真实大小。

① 要选在被测介质直线流动的管段部分，不要选在管路拐弯、分叉、死角或其他易形成漩涡的地方。

② 测量流动介质的压力时，应使取压点与流动方向垂直，取压管内端面与生产设备连接处的内壁应保持平齐，不应有凸出物或毛刺。

③ 测量液体压力时，取压点应在管道下部，使导压管内不积存气体；测量气体压力时，取压点应在管道上方，使导压管内不积存液体。

2. 导压管铺设

① 导压管粗细要合适，一般内径为6～10mm，长度应尽可能短，最长不得超过50m，以减少压力指示的迟缓。如超过50m，应选用能远距离传送的压力计。

② 导压管水平安装时应保证有1∶10～1∶20的倾斜度，以利于积存于其中的液体（或气体）排出。

③ 当被测介质易冷凝或冻结时，必须加保温伴热管线。

④ 取压口到压力计之间应装有切断阀，以备检修压力计时使用。切断阀应装设在靠近取压口的地方。

3. 压力计的安装

① 压力计应安装在易观察和检修的地方。

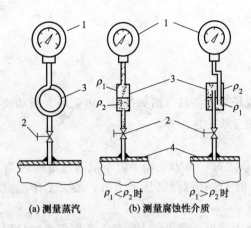

(a) 测量蒸汽　　**(b) 测量腐蚀性介质**

$\rho_1 < \rho_2$ 时　　$\rho_1 > \rho_2$ 时

图 2-3　压力安装示意图

1—压力计；2—切断阀；3—凝液管；4—取压容器

② 安装地点应力求避免振动和高温影响。

③ 测量蒸汽压力时，应加装凝液管，以防止高温蒸汽直接与测压元件接触，见图 2-3（a）；对于有腐蚀性介质的压力测量，应加装有中性介质的隔离罐，图 2-3（b）表示被测介质密度 ρ_2 大于和小于 ρ_1 隔离液体密度的两种情况。

④ 压力计的连接处，应根据被测压力的高低和介质性质，选择适当的材料，作为密封垫片，以防泄漏。

⑤ 当被测压力较小，而压力计与取压口又不在同一高度时，对由此高度差而引起的测量误差应按下式进行修正

$$\Delta p = \pm H \rho g$$

式中，H 为高度差；ρ 为导压管中介质的密度；g 为重力加速度。

⑥ 为安全起见，测量高压的仪表除选用表壳有通气孔的外，安装时表壳应向墙壁或无人通过之处，以防发生意外。

【知识链接】

一、弹性式压力计

1. 弹性元件

弹性元件是一种简易可靠的测压敏感元件。它不仅是弹性式压力计的测压元件，也经常用来作为气动单元组合仪表的基本组成元件。当测压范围不同时，所用的弹性元件也不一样，常用的几种弹性元件的结构如图 2-4 所示。

（1）弹簧管式弹性元件　弹簧管式弹性元件的测压范围较宽，可测量高达 1000MPa 的压力。单圈弹簧管是弯成圆弧形的金属管子，它的截面做成扁圆形或椭圆形，如图 2-4（a）所示。这种单圈弹簧管自由端位移较小，因此能测量较高的压力。为了增加自由端的位移，可以制成多圈弹簧管，如图 2-4（b）所示。

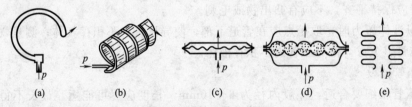

(a)　　　　(b)　　　　(c)　　　　(d)　　　　(e)

图 2-4　弹性元件示意图

（2）薄膜式弹性元件　薄膜式弹性元件根据其结构不同还可以分为膜片与膜盒等。它的测压范围较弹簧管式的为低。图 2-4（c）为膜片式弹性元件，如图 2-4（d）所示为膜盒式弹性元件。

（3）波纹管式弹性元件　波纹管式弹性元件是一个周围为波纹状的薄壁金属筒体，如图 2-4（e）所示。

2. 弹簧管压力表

弹簧管压力表的测量范围极广，品种规格繁多。按其所使用的测压元件不同，有单圈弹簧

管压力表与多圈弹簧管压力表。按其用途不同，除普通弹簧管压力表外，还有耐腐蚀的氨用压力表、禁油的氧气压力表等；它们的外形与结构基本上是相同的，只是所用的材料有所不同。

弹簧管压力表的结构原理如图 2-5 所示。

弹簧管 1 是压力计的检测元件。图中所示为单圈弹簧管，它是一根弯成 270°圆弧的椭圆截面的空心金属管子。管子的自由端 B 封闭，管子的另一端固定在接头 9 上。当通入被测的压力 p 后，由于椭圆形截面在压力 p 的作用下，将趋于圆形，弯成圆弧形的弹簧管随之产生向外挺直的扩张变形。由于变形，使弹簧管的自由端 B 产生位移。输入压力 p 越大，产生的变形也越大。由于输入压力与弹簧管自由端 B 的位移成正比，所以只要测得 B 点的位移量，就能反映压力 p 的大小，这就是弹簧管压力计的基本测量原理。

弹簧管自由端 B 的位移通过拉杆 2（见图 2-5）使扇形齿轮 3 作逆时针偏转，于是指针 5 通过同轴的中心齿轮 4 的带动而作顺时针偏转，在面板 6 的刻度标尺上显示出被测压力 p 的数值。由于弹簧管自由端的位移与被测压力之间具有正比关系，因此弹簧管压力表的刻度标尺是线性的。

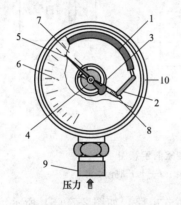 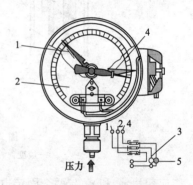

图 2-5　弹簧管压力表

1—弹簧管；2—拉杆；3—扇形齿轮；4—中心齿轮点；5—指针；

6—面板；7—游丝；8—调整螺钉；9—接头；10—表盘

图 2-6　电接点信号压力表

1,4—静触点；2—动触点；

3—绿灯；5—红灯

游丝 7 用来克服因扇形齿轮和中心齿轮间的传动间隙而产生的仪表变差。改变调整螺钉 8 的位置（即改变机械传动的放大系数），可以实现压力表量程的调整。

将普通弹簧管压力表稍加变化，便可成为电接点信号压力表，图 2-6 是电接点信号压力表的结构和工作原理示意图。压力表指针上有动触点 2，表盘上另有两个可调节的指针，上面分别有静触点 1 和静触点 4。当压力超过上限给定数值（此数值由静触点 4 的指针位置确定）时，动触点 2 和静触点 4 接触，红色信号灯 5 的电路被接通，使红灯发亮，若压力低到下限给定数值时，动触点 2 与静触点 1 接触，接通了绿色信号灯 3 的电路。静触点 1、4 的位置可根据需要灵活调节。

二、电气式压力计

把压力转换为电信号输出，然后测量电信号的压力表叫电气式压力计。这种压力计的测量范围较广，分别可测 $7 \times 10^{-5} \sim 5 \times 10^{8}$ Pa 的压力，允许误差可至 0.2%。

电气式压力计一般由压力传感器、测量电路和信号处理装置所组成。压力传感器的作用是把压力信号检测出来，并转换成电信号输出。下面介绍应变片式和电容式压力传感器。

1. 应变片式压力传感器

应变片式压力传感器是利用电阻应变原理构成的。被测压力使应变片产生应变。当应变片产生压缩应变时，其阻值减小；当应变片产生拉伸应变时，其阻值增加。应变片阻值的变化，再通过桥式电路获得相应的毫伏级电势输出，并用毫伏计或其他记录仪表显示出被测压力，从而组成应变片式压力计。

图 2-7（a）是 BPR-2 型应变片式压力传感器的结构原理图。应变筒 1 的上端与外壳 2 固定在一起，下端与不锈钢密封膜片 3 紧密接触，两片康铜丝应变片 r_1 和 r_2 用特殊胶黏剂（缩醛胶等）贴紧在应变筒的外壁。r_1 沿应变筒轴向贴放，作为测量片；r_2 沿径向贴放，作为温度补偿片。应变片与筒体之间不发生相对滑动，并且保持电气绝缘。当被测压力 p 作用于膜片而使应变筒作轴向受压变形时，沿轴向贴放的应变片 r_1 也将产生轴向压缩应变 ε_1，于是，r_1 的阻值变小；而沿径向贴放的应变片 r_2，由于本身受到横向压缩将引起纵向拉伸应变 ε_2，于是 r_2 阻值变大。但是由于 ε_2 比 ε_1 要小，故实际上 r_2 的减少量将比 r_1 的增大量为大。

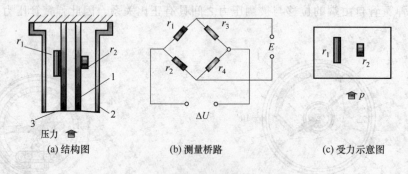

(a) 结构图　　　　(b) 测量桥路　　　　(c) 受力示意图

图 2-7　应变片式压力传感器示意图

1—应变筒；2—外壳；3—密封膜片；E—恒压直流电源

应变片 r_1 和 r_2 与两个固定电阻 r_3 和 r_4 组成桥式电路，如图 2-7（b）所示。由于 r_1 和 r_2 的阻值变化而使桥路失去平衡，从而获得不平衡电压 ΔU 作为传感器的输出信号，在桥路供给直流稳压电源最大为 10V 时，可得最大 ΔU 为 5mV 的输出。

2. 电容式压力传感器

电容式压力传感器是将压力的变化转换为电容量的变化，然后进行测量的。如图 2-8 所

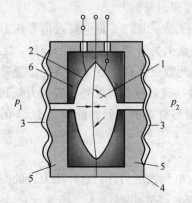

图 2-8　电容式测量膜盒

1—中心感应膜片；2—固定电极；

3—测量侧；4—隔离膜片；

5—基座；6—填充液

示是 CECY 型电容式压力变送器的测量部分。测量膜盒内充以填充液（硅油），中心感应膜片 1（可动电极）和其两边弧形固定电极 2 分别形成电容 C_1 和 C_2。当被测压力加在测量侧 3 的隔离膜片 4 上后，通过腔内填充液的液压传递，将被测压力引入到中心感压膜片，使中心感压膜片产生位移，因而，使中心感压膜片与两边弧形固定电极的间距不再相等，从而使 C_1 和 C_2 的电容量不再相等。通过转换部分的检测和放大，转换为 4～20mA 的直流电信号输出。

电容式压力传感器的精度较高，允许误差不超过量程的 ±0.25%。由于它的结构性能经受振动和冲击，其可靠性、稳定性高。当测量膜盒的两侧通过不同压力时，便可以用来测量差压、液位等参数。

子情境二　EJA 智能差压变送器的构成

【任务分析】

在常减压装置中用 EJA 智能压力变送器把非电信号转化成 4～20mA 的直流电信号。用 EJA 智能压力变送器和 HART 手操器可以对变送器进行参数调整、标定，以及量程的修改等。

【任务实施】

步骤一：选型 EJA-430A

步骤二：安装

EJA 智能压力变送器安装通常有以下几种方式。

1. 直接管道安装方式

这种安装方式简单，用材少。

2. 法兰安装

法兰安装主要应用于液位测量，利用液体的静压力对液位进行测量，如图 2-9 所示。

3. 支架安装（管装平支架）

大多采用此种安装方式，安装维护方便，以往在露天的位置使用仪表箱保护压力变送器免遭粉尘、雨淋，但现在的压力变送器的防护做得很好，防护等级在 IP65，工作的环境温度为 −40～+75℃，耐振动、防尘、防雨，5 年免维护。

常减压装置通常采用法兰安装。

步骤三：量程调整

智能压力变送器可以和手操器通信，如图 2-10 所示。在控制室内

图 2-9　法兰安装 EJA 变送器的外形图

的 DCS 模件柜相应的端子上使用。通过手操器，可以检查和设置压力变送器的零点、量程、变送器工作点的温度、工程压力单位的选择，如 Pa、Bar 等工作情况，例如，某一压力点的零点或量程需要改变，在控制室就可以通过使用手操器轻松改变。

现以艾默生的 HART375 手操器为操作对象，对 EJA 智能压力变送器的量程进行修改。

① 准备好 HART375 手操器并保证其电量充足，将两输入端连接到 DCS 端子柜上，准备开机。

② 开机后，将显示 375 → 375 main menu→HART Application，按"Delete"键进入手操器操作界面。按"▢"键→使"Yes"变黑→按"↵"键→在线→设备设置→按"Delete"键（此后"▢"与"↵"分别为选择键和确定键，不再一一说明）→基本设置→量程的再设定→按键输入。

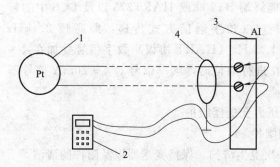

图 2-10　压力变送器和手操器的接线

1—压力变送器；2—手操器；3—模件接线端；
4—信号线的屏蔽系统

③ 将光标移至当前量程位置，按"Delete"键进入数值修改界面，用数字键直接修改之后按"ENTER"，之后将光标移至"Send"处发送数据。

④ 连续按"BKSP"退出到"HART Aplication"界面后关机。

步骤四：EJA智能压力变送器投运

① 检查二次阀门、平衡门及各管路接头密封情况；保证阀门及各管路接头处严密。

② 检查二次阀门、平衡门和排污门位置；二次阀门和排污门处于关闭状态，差压变送器平衡门应该打开。

③ 对于新装或大、小修后，以及久停启用的变送器，投入前应进行管路冲洗。

④ 投运前检查接线是否在信号端子上，不可接在实验端子上。

⑤ 用万用表、绝缘表检查电气回路正确后给变送器送电；线路绝缘、电源电压、负载电阻正常。

⑥ 缓慢打开一次门检查管路是否泄漏，确认不泄漏后打开排污门进行排污，排污后关闭排污门，并保证取样管路各接头处无泄漏。

⑦ 缓慢打开二次门（差压变送器应先开正压门，再关平衡门，最后开负压门）；排污完成后若取样管路温度较高，需管路冷却后方可打开二次门。

⑧ 变送器投入后检查变送器输出是否正常，变送器输出值为当前压力下的正确值。

⑨ 启动后观察仪表指示情况，若显示波动较大，应增加阻尼时间常数。方式类似于量程修改，即用手操器HART375完成。

★【知识链接】

一、EJA智能压力变送器原理

EJA压力变送器是由日本横河电机株式会社开发的高性能智能式压力变送器，采用了世界上最先进的单晶硅谐振式传感器技术，由单晶硅谐振式传感器上的两个H形的振动梁分别将压力信号转换成频率信号，送到脉冲计数器，再将两频率之差直接传递到CPU进行数据处理，经D/A转换器转换为与输入信号相对应的4～20mA DC的输出信号，并在模拟信号上叠加一个BRAIN/HART数字信号进行通信。谐振压力传感器转换如图2-11所示。

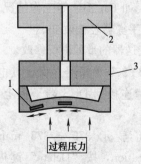

膜盒组件中内置的特性修正存储器存储传感器的环境温度、静压及输入/输出特性修正数据，经CPU运算，可使变送器获得优良的温度特性和静压特性及输入/输出特性。通过I/O口与外部设备（如手持智能终端BT200或HART375以及DCS中的带通信功能的I/O卡）以数字通信方式传递，即高频2.4kHz（BRAIN协议）或1.2kHz（HART协议）数字信号叠加在4～20mA信号线上，在进行通信时，频率信号对4～20mA信号不产生任何的影响。

图2-11 谐振压力传感器
1—敏感振动元件；2—测压气件；3—传感器支架

二、EJA智能压力变送器维护

1. 日常与定期维护

① 每周进行一次卫生清扫，保持变送器以及附件的清洁。

② 每周检查一次取样管路以及阀门接头处有无渗漏现象，如有渗漏现象应尽快处理。

③ 每月检查变送器零部件完整无缺，无严重锈蚀、损坏；铭牌、标识清洗无误；紧固件不得松动，接插件接触良好，端子接线牢固。

④ 每月检查一次现场测量线路，包括输入输出回路是否完好，线路有无断开、短路情况，绝缘是否可靠等。

⑤ 每月检查仪表零点和显示值的准确性，变送器零点和显示值准确、真实。

⑥ 按变送器校准周期进行定期校准。

⑦ 对变送器定期进行排污、排凝或放空。对易堵介质的导压管定期进行吹扫。

⑧ 对取样管线或测量元件有隔离液的变送器要定期加隔离液。

2. 长期停用

长期停用变送器时，应关闭一次门。

3. 变送器的防护

变送器在运行时，其壳体必须良好接地。用于保护系统的变送器，应有预防断电、短路或输出开路的措施。

4. 冬季防护

在冬季应检查仪表取样管线保温是否良好，以免取样管线或测量元件被冻坏。

5. 压力检测系统故障判断及处理

（1）输出为零

处理办法：

① 检查电源极性是否接反；

② 将测试端子短路，检查壳内二极管好坏；

③ 更换变送器外壳。

（2）变送器无法通信

处理办法：

① 检查变送器上的电源电压（最小为 10.5V DC）；

② 检查负载电阻（250Ω）；

③ 更换电子线路板。

（3）4～20mA 读数偏高或偏低

处理办法：

① 检查压力变量的读数；

② 进行 4～20mA 输出调整；

③ 更换电子线路板。

（4）对于输入压力无反应

处理办法：

① 检查变送器的电源电压，

② 检查测试设备；

③ 校对校准设定值（4 或 20mA）；

④ 更换电子线路板；

⑤ 更换膜头。

（5）压力变量读数偏高或者偏低

处理办法：

① 检查压力传输是否发生堵塞；

② 检查测试设备；

③ 进行传感器调整；

④ 更换膜头。

（6）压力变量读数无规律

处理办法：

① 检查压力传输是否发生堵塞；

② 检查阻尼系数；

③ 检查电动势干扰；

④ 更换膜头。

三、压力仪表故障处理风险分析

1. 高处作业时人员坠落

原因：

① 未佩戴安全带或佩戴不规范。

② 未认真观察现场环境，脚下打滑。

③ 没有脚手架或作业平台。

措施：

① 确保高处作业戴好安全带。

② 使用梯子有专人监护。

③ 在框架平台或厂房内作业，如发现脚下作业面有孔洞应立即盖好并固定。

④ 恶劣气候禁止登高作业。

⑤ 高处作业首先清除脚下杂物。

2. 坠物、工具脱手伤人

原因：

① 无防护、防护不当。

② 高处有悬浮物、坠物。

③ 工具脱手。

④ 交叉作业。

措施：

① 佩戴好劳动防护用品：安全帽、防砸鞋。

② 正确选择、使用工具。

③ 清理高处悬浮物。

④ 避免交叉作业，如果有交叉作业时应设专人监护。

3. 扭伤、摔伤

原因：

① 现场地面不平或有异物。

② 地面有油、冰、雪易滑倒伤人。

措施：

① 作业时认真观察周围环境，注意脚下管路、地漏、沟坎；

② 处理好地面易滑物。

四、压力仪表大修内容

拆下变送器，校验之后符合要求的回装，否则更换。更换时要使用新的垫片、螺栓，进行打压试漏、联校。

一、带调节的压力变送器指示波动的原因

步骤如下。

① 在检查工艺情况时，先检查其他工艺参数是否有变化，如果其他工艺的参数也有变化，如温度、流量、液位也有时候波动，那就是因为工况变化而引起的压力变化，此时的压力变送器应该是没有问题的；如果其他工艺条件无变化，只是压力指示在波动，那就看此压力显示带不带控制（一般为调节阀），检查调节阀的定位器输出是否恒定，不恒定，就要处理阀门，如果恒定，那么原因就出在变送器上。

② 如果正在现场，先将变送器的取压关闭，排放打开，查看变送器是否显示零点。如果显示零点，此变送器的测量是没有问题的，就要说明此变送器送出的 4～20mA 信号是正确的。此时检查变送器到 DCS 机柜之间电缆，查看分支电缆和主电缆的屏蔽是否完好，这样通常为屏蔽线断，或者电缆连接处出现虚接及裸露的电缆芯出现氧化导致接触不良所致。屏蔽不好，其所在的环境存在大量的电磁干扰，这样波动也是比较严重的。

③ 对于蒸汽介质的压力测量如果只是指示不稳，应该检查导管中的凝液量，如果还有伴热，检查伴热管的温度及安装距离，是否对导管中凝液造成影响。温度过高以及伴热管线和导压管安装距离过近都可能导致凝液气化使测量不稳及波动。另外查看导压管的长度是否能保证使其充分冷凝。

二、打隔离液的方法

① 关闭正负取压阀，之后打开正负取压点，一般在压室两侧都标有 H（正）、L（负）。对于 EJA 变送器，当正对三阀组时，左面为正压，右面为负压。

② 在标有 L 的取压管打隔离液，直到标有 H 的导压管内有隔离液流出。

③ 停止打压，连接导管，开正负取压阀。

见表 2-1。

表 2-1　学习情境二的考核表

	分值	考 核 要 点	得分
预判断	5	检查其他工艺参数是否有变化	
	5	检查此压力控制是带控制,如带控制,检查调节阀的定位器输出是否恒定	
检查变送器本身及电缆	10	会按步骤一步步查找并确定有故障的地方	
	10	首先检查变送器本身是否有故障,了解变送器原理,知道如何使变送器显示为零	
	10	当变送器无故障时,能顺信号传输方向查找变送器到 DCS 之间的电缆并找到答案	
介质是蒸汽	10	蒸汽介质的压力测量如果只是指示不稳,应该检查导管中的凝液量	
	10	如果还有伴热,检查伴热管的温度及安装距离,查看是否因为伴热量对凝液量造成影响,以及查看是否因为温度高而使凝液气化	
打隔离液	10	能按正确步骤打隔离液	
	10	能预先做好准备工作,例如认清正负取压点,并关闭正负取压阀	
	10	按照要求对变送器打隔离液,直到打满	
	10	打完隔离液连接导管,打开正负取压阀	

减压炉进料流量的检测

【学习目标】

① 常用流量计的结构、工作原理；
② 流量检测系统的仪表选型及安装；
③ 流量检测系统的故障判断及处理；
④ 在线流量仪表的故障处理风险分析；
⑤ 流量仪表大修内容。

【导论】

在炼化生产过程中，为了有效地进行生产操作和控制，经常需要测量生产过程中各种介质（液体、气体和蒸汽等）的流量，以便为生产操作和控制提供依据。

流量大小是指单位时间内流过管道某一截面的流体数量的大小，即瞬时流量。而在某一段时间内流过管道的流体流量的总和，称为总量。

流量和总量，可以用质量表示，也可以用体积表示。单位时间内流过的流体以质量表示的称为质量流量，常用符号 q_m 表示。以体积表示的称为体积流量，常用符号 q_V 表示。若流体的密度是 ρ，则体积流量与质量流量之间的关系是

$$q_m = q_V \rho \text{ 或 } q_V = q_m / \rho \tag{3-1}$$

如以 t 表示时间，则流量和总量之间的关系是

$$q_{V总} = \int_0^t q_V \, dt \, ; q_{m总} = \int_0^t q_m \, dt \tag{3-2}$$

常用的流量单位有 t/h（吨每小时）、kg/h（千克每小时）、kg/s（千克每秒）、m³/h（立方米每小时）、L/h（升每小时）、L/min（升每分）等。

测量流量的方法如下。
① 速度式流量仪表；
② 容积式流量计；
③ 质量式流量计。

【任务分析】

减压炉流量通常采用四路进四路出，理论上要求四路流量平衡，根据生产指标调整四路进料流量，流量严重不平衡时，一是会造成减压炉内管路结焦，造成设备的损坏；二是引起减压炉流量出口温度的不稳定。因此必须及时检测减压炉进料。

【任务实施】

步骤一：仪表的选型

① 采用差压式流量计；

② 变送器选择 EJA-110A，量程 0～100t/h，精度 0.075；

③ 显示器选择 DCS 显示。

步骤二：差压式流量变送器安装

差压式流量变送器的安装包括三部分的安装。

1. 节流装置的安装

（1）节流装置的选用

① 在加工制造和安装方面，孔板是最简单的，喷嘴次之，文丘里管最复杂。造价高低也与此相对应。实际上，在一般场合下，采用孔板的最多。

② 当要求压力损失较小时，可采用喷嘴、文丘里管等。

③ 在测量某些易使节流装置腐蚀、沾污、磨损、变形的介质流量时，采用喷嘴较采用孔板为好。

④ 在流量值与压差值都相同的条件下，使用喷嘴有较高的测量精度，而且所需的直管长度也较短。

⑤ 如被测介质是高温、高压的，则可选用孔板和喷嘴。文丘里管只适用于低压的流体介质。

减压炉进料流量的检测采用孔板。

（2）节流装置的安装使用

在安装和使用节流装置时，应注意如下事项。

① 必须保证节流装置的开孔和管道的轴线同心，并使节流装置端面与管道的轴线垂直。

② 在节流装置前后长度为 2 倍于管径（2D）的一段管道内壁上，不应有凸出物和明显的粗糙或不平现象。

③ 任何局部阻力（如弯管、三通管、闸阀等）均会引起流速在截面上重新分布，引起流量系数变化。所以在节流装置的上、下游必须配置一定长度的直管。

④ 标准节流装置（孔板、喷嘴），一般都用于直径 $D \geqslant 50\text{mm}$ 的管道中。

⑤ 被测介质应充满全部管道并且连续流动。

⑥ 管道内的流束（流动状态）应该是稳定的。

⑦ 被测介质在通过节流装置时应不发生相变。

2. 导压管路的安装

（1）取压口

取压口一般设在法兰、环室或夹紧环上。位于测量气体流量的水平管的取压口，应设在管道垂直截面的上方，以防液体或脏污物进入。测量液体流量的水平管上的取压口，可设在下方，以防气体进入。测量蒸汽流量的取压口，可设在水平管截面的水平方向。至于垂直管道上的取压口，可在取压装置的平面。

（2）导压管

为把节流件前后的压差传送至差压流量变送器，应设两条导压管。导压管应按最短的管路来敷设，最长不超过 90m；管内径要根据导压管的长度来确定，一般不得小于 6mm。两根导压管应尽量保持相同的温度。两导压管里流体温度不同时，将引起其中流体密度变化，引起差压流量变送器的零点漂移。因此，两根导压管应尽量靠近。导压管内应保证是单相的流体。安装时必须考虑有排除管内积水或积气的管路，也应避免将导压管水平安装。导压管的倾斜度不得小于1∶12，其顶部应设放气阀，凹部应设置放水阀。应切实保证导管内的液体不存留气泡，否则就不能传递压差。

（3）截断阀

为了在必要时将测量管与主管路完全切断，应设置截断阀。截断阀应设在离节流件很近的地方。

（4）冷凝器

冷凝器的作用是使导压管中被测量的蒸汽冷凝，并使正负导压管中冷凝液具有相同的高度且保持恒定。冷凝器的容积应大于全量程内差压流量变送器或差压流量变送器工作空间的最大容积变化的3倍。

（5）集气器和沉降器

被测液体中产生的气体不得在导压管中积存，故在导压管的各最高点上应设置集气器或排气阀。

（6）隔离器和隔离液

当被测量的流体有腐蚀性、易冻结、易析出晶体或具有很高黏度时，应采用隔离器和隔离液，以免破坏差压流量变送器的工作性能。

（7）清洗装置

为防止脏污液体或灰尘积存在导压管和差压流量变送器中，应定期进行清洗。

3. 差压流量变送器的安装

差压仪表的安装主要是安装地点周围条件（如温度、湿度、腐蚀性、振动等）的选择，以及操作和维护是否方便。如果现场安装的周围条件与差压流量变送器使用时规定的条件有明显差别时，或者不利于操作和维护时，应采取相应的预防措施或者改换安装地点。如图3-1所示。

图 3-1　差压式流量变送器安装示意图

步骤三：差压式流量变送器投运

在确认差压变送器安装正确，试压无泄漏及三阀关闭的情况下，可按以下步骤投用：

① 打开一次引压阀；

② 开启平衡阀（灌隔离液测量液位的仪表禁用此步骤）；

③ 开启三阀组的高压阀；

④ 关闭平衡阀，开启负压阀；

⑤ 打冲洗油的差压变送器，启用前应将仪表及引压管灌满冲洗油，调好零位，然后再打开冲洗油按以上各步启用。

步骤四：差压流量变送器维护

① 仪表运行时应保持外观清洁无污物。

② 检查引压管、阀门及接头是否渗漏。

③ 经常检查仪表保温伴热情况，防止隔离液冻凝或介质气化。

④ 检查一次表示值与室内 DCS 数值是否一致。

⑤ 定期排污，排污周期视物料情况而定。带调节的回路，排污时应切手动。

⑥ 对于有隔离罐或冷凝罐的流量计，进行零位校对时，必须严格按照先关高压侧阀，然后打开平衡阀，再关低压侧阀的顺序进行。零位校正后，则先打开高压侧阀，然后关闭平衡阀，最后打开低压侧阀，仪表开启使用。

步骤五：差压式流量计的测量误差

下面列举一些造成测量误差的原因，以便在应用中注意，并予以适当解决。

① 被测流体工作状态的变动；

② 节流装置安装不正确；

③ 孔板入口边缘的磨损；

④ 导压管安装不正确、或有堵塞、渗漏等现象；

⑤ 差压计安装或使用不正确。

✦【知识链接】

一、流量检测仪表的种类、原理、特点及适用场合

（一）差压式流量计

（1）节流现象　流体在有节流装置的管道中流动时，在节流装置前后的管壁处，流体的静压力产生差异的现象称为节流现象。差压式流量计就是根据节流现象来进行流量测量的。

所谓节流装置就是在管道中放置的一个局部收缩元件，应用最广泛的是孔板，其次是喷嘴、文丘里管。

（2）流量基本方程式　流量基本方程式是阐明流量与压差之间的定量关系的基本流量公式。

$$q_V = \alpha \varepsilon F_0 \sqrt{\frac{2}{\rho_1} \Delta p} \tag{3-3}$$

$$q_m = \alpha \varepsilon F_0 \sqrt{2\rho_1 \Delta p} \tag{3-4}$$

式中　α——流量系数。它与节流装置的结构形式、取压方式、孔口截面积与管道截面积之比 m、雷诺数 Re、孔口边缘锐度、管壁粗糙度等因素有关；

　　　ε——膨胀校正系数，它与孔板前后压力的相对变化量、介质的等熵指数、孔口截面积与管道截面积之比等因素有关。运用时可查阅有关手册而得。但对不可压缩的液体来说，常取 $\varepsilon = 1$；

　　　F_0——节流装置的开孔截面积；

　　　Δp——节流装置前后实际测得的压力差；

　　　ρ_1——节流装置前的流体密度。

（二）转子流量计

转子流量计则特别适宜于测量管径 50mm 以下管道的流量。测量的流量可小到每小时几升。

图 3-2 是指示式转子流量计的原理图，它由两个部分组成，一个是由下往上逐渐扩大的锥形管（通常用高硼硅制玻璃制成，锥度为 $40' \sim 3°$）；另一个是放在锥形管内可自由运动的转子。工作时，被测流体（气

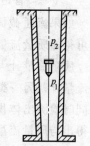

图 3-2　转子流量计的工作原理图

体或液体）由锥形管下部进入，沿着锥形管向上运动，流过转子与锥形管之间的环隙，再从锥形管上部流出。当流体流过锥形管时，位于锥形管中的转子受到一个向上的力，使转子浮起。当这个力正好等于浸没在流体里的转子重力（即等于转子重量减去流体对转子的浮力）时，则作用在转子上的上下两个力达到平衡，此时转子就停浮在一定的高度上。那么根据转子平衡位置的高低就可以直接读出流量的大小。这就是转子流量计测量流量的基本原理。

（三）漩涡流量计

漩涡流量计又称涡街流量计。它可以用来测量各种管道中的液体、气体、蒸汽的流量，是目前工业控制、能源计量及节能管理中常用的新型流量仪表。

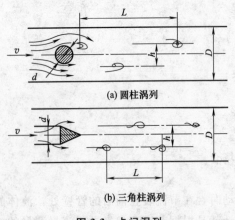

(a) 圆柱涡列

(b) 三角柱涡列

图 3-3　卡门涡列

在流体中垂直插入一个非流线形的柱状物（圆柱或三角柱）作为漩涡发生体，如图 3-3 所示。当雷诺数达到一定的数值时，会在柱状物的下游处产生如图所示的两列不对称但有规律的交替漩涡，像这样的漩涡涡列就是卡门涡列。当两漩涡列之间的距离 h 和同列的两漩涡之间的距离 L 之比能满足 $h/L=0.281$ 时，所产生的非对称漩涡列才能达到稳定。

由圆柱漩涡发生体形成的卡门漩涡，其单列漩涡产生的频率为

$$f=Sr\frac{v}{d} \tag{3-5}$$

式中　f——单列漩涡产生的频率，Hz；

v——流体平均流速，m/s；

d——圆柱直径，m；

Sr——斯特罗哈尔数（当雷诺数 $Re=5\times10^2\sim15\times10^4$ 时，$Sr=0.2$）。

由式（3-3）可知，当 Sr 近似为常数时，漩涡产生的频率 f 与流体的平均流速成正比，测得 f 即可求得体积流量 q_V。

（四）质量流量计

质量流量的基本方程式为

$$q_m=A\rho v$$

式中　A——管道的流通截面积；

ρ——流体密度；

v——管道内流体的平均流速。

如果流通截面积 A 为常数，则只需测量乘积 ρv 便可得知质量流量 q_m。

质量流量计大致可分为两大类。一类是直接式质量流量计；另一类是补偿式或推导式质量流量计，它是同时检测出体积流量和流体的密度，然后通过运算器得出与质量流量成比例的输出信号。这里只介绍直接式质量流量计。

直接式质量流量计的形式很多，有差压式、角动

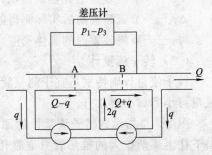

图 3-4　双孔板差压式质量流量测量示意图

量式、双涡轮式、陀螺式等，下面介绍其中的一种——差压式质量流量计。

这种质量流量计主要由孔板和定流量泵组成。图 3-4 是其示意图。在主管道上安装两个结构和尺寸完全相同的孔板 A 和 B，在副管道上安装两个定流量泵，并且两者的流向相反。由图中可以看见，流经 A 的体积流量为 (q_V-q)，流经孔板 B 的流量为 (q_V+q)。

根据差压式流量测量方程式，有如下关系

$$p_2-p_1=K\rho(q-q_V)^2 \tag{3-4}$$

$$p_2-p_3=K\rho(q+q_V)^2 \tag{3-5}$$

式中　K——比例系数，在一定条件下为常数；

ρ——流体密度。

由于 $q_m=\rho q_V$，代入上式整理可得

$$p_1-p_3=4Kqq_m$$

由上式可知，当 K、q 为常数时，只要测出孔板 A、B 前后的压差 (p_1-p_3)，就可以确定流过主管道的质量流量 q_m。由于输出信号为压差 (p_1-p_3)，与 q_m 成比例，且与流体密度无关，故称直接式质量流量计。

（五）其他流量计

1. 靶式流量计

在炼化生产中，经常会遇到某些黏度较高或含有悬浮物介质的流量检测。在这种情况下，差压式流量计和转子流量计因结构及特性上的原因，均不能适应这种特殊介质流量检测的要求。这时可采用在管道中插入一块靶子作为节流元件的靶式流量计，如图 3-5 所示。

靶式流量计是在管道中心垂直于流体流动的方向上安装一圆盘形的靶，流体经过时由于受阻必然要冲击圆盘形的靶，靶上所受的作用力与流体流速（或流量）之间存在着一定的关系。流速越大，则靶上所受到的力也越大。因此只要通过力矩转换的方式测出靶上受到的作用力 F，便可以求出通过流体的流量。

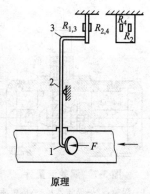

原理

图 3-5　靶式流量变送器

1—靶；2—输出力杠杆；
3—推杆

2. 椭圆齿轮流量计

椭圆齿轮流量计属于容积式流量计的一种。它对被测流体的黏度变化不敏感，特别适合于测量高黏度的流体（例如重油、聚乙烯醇、树脂等），甚至糊状物的流量。

（1）工作原理　椭圆齿轮流量计的测量部分是由两个相互啮合的椭圆形齿轮 A 和 B、轴及壳体构成。椭圆齿轮与壳体之间形成测量室，如图 3-6 所示。

当流体流过椭圆齿轮流量计时，由于要克服阻力将会引起阻力损失，从而使进口侧压力 p_1 大于出口侧压力 p_2，在此压力差的作用下，产生作用力矩使椭圆齿轮连续转动。显然，如图 3-6 所示，仅仅表示椭圆齿轮转动了 1/4 周的情况，而其所排出的被测介质为一个半月形容积。所以，椭圆齿轮每转一周所排出的被测介质量为半月形容积的 4 倍。故通过椭圆齿轮流量计的体积流量 q_V 为

$$q_V=4nV_0 \tag{3-6}$$

式中　n——椭圆齿轮的旋转速度；

V_0——半月形测量室容积。

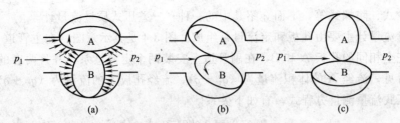

图 3-6　椭圆齿轮流量计的结构原理

由式（3-6）可知，在椭圆齿轮流量计的半月形容积 V_0 已知的条件下，只要测出椭圆齿轮的转速 n，便可知道被测介质的流量。

（2）使用特点　特别适用于高黏度介质的流量测量。测量精度较高，压力损失较小，安装使用也较方便。但是，在使用时要特别注意被测介质中不能含有固体颗粒，更不能夹杂有机械物，否则会引起齿轮磨损以致损坏。为此，椭圆齿轮流量计的入口端必须加装过滤器。另外，椭圆齿轮流量计的使用温度有一定范围，温度过高，就有使齿轮发生卡死的可能。

椭圆齿轮流量计的结构复杂，加工制造较为困难，因而成本较高。如果因使用不当或使用时间过久，发生泄漏现象，就会引起较大的测量误差。

3. 涡轮流量计

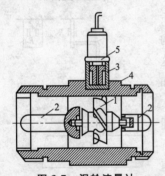

图 3-7　涡轮流量计

1—涡轮；2—导流器；3—磁电感
应转换器外壳；4—外壳；
5—前置放大器

在流体流动的管道里，安装一个可以自由转动的叶轮，当流体通过叶轮时，流体的动能使叶轮旋转。流体的流速越高，动能就越大，叶轮转速也就越高。在规定的流量范围和一定的流体黏度下，转速与流速成线性关系。因此，测出叶轮的转速或转数，就可确定流过管道的流体流量或总量。图 3-7 是涡轮流量计的结构示意图。它主要由下列几部分组成。

涡轮 1 是用高磁导率的不锈钢材料制成，叶轮芯上装有螺旋形叶片，流体作用于叶片上使之旋转。

导流器 2 是用以稳定流体的流向和支承叶轮的。

磁电感应转换器 3 是由线圈和磁钢组成，用以将叶轮的转速转换成相应的电信号，以供给前置放大器 5 进行放大。

整个涡轮流量计安装在外壳 4 上，外壳 4 是由非导磁的不锈钢制成，两端与流体管道相连接。

涡轮流量计安装方便，磁电感应转换器与叶片间没有密封和齿轮传动机构，因而测量精度高，可耐高压，静压可达 50MPa。由于基于磁电感应转换原理，故反应快，可测脉动流量。输出信号为电频率信号，便于远传，不受干扰。

涡轮流量计的涡轮容易磨损，被测介质中不应带机械杂质，否则会影响测量精度和损坏机件。因此，一般应加装过滤器。安装时，必须保证前后有一定的直管段，以使流向比较稳定。一般入口直管段的长度取管道内径的 10 倍以上。出口取 5 倍以上。

4. 电磁流量计

电磁流量计通常由变送器和转换器两部分组成。

电磁流量计变送部分的原理图如图 3-8 所示。在一段用非

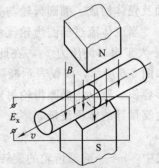

图 3-8　电磁流量计原理

导磁材料制成的管道外面，安装有一对磁极 N 和 S，用以产生磁场。当导电液体流过管道时，因流体切割磁力线而产生了感应电势（根据发电机原理）。此感应电势由与磁极垂直方向的两个电极引出。当磁感应强度不变，管道直径一定时，这个感应电势的大小仅与流体的流速有关，而与其他因素无关。

感应电势的方向由右手定则判断，其大小由下式决定

$$E_x = K'BDv \tag{3-7}$$

式中　E_x——感应电势；

K'——常数；

B——磁感应强度；

D——管道直径，即垂直切割磁力线的导体长度；

v——垂直于磁力线方向的流体速度。

体积流量 q_V 与流速 v 的关系为

$$q_V = \frac{1}{4}\pi D^2 v \tag{3-8}$$

将式（3-8）代入式（3-7），便得

$$E_x = \frac{4K'Bq_V}{\pi D} = Kq_V \tag{3-9}$$

式中，$K = \dfrac{4K'B}{\pi D}$。

K 称为仪表常数，在磁感应强度 B、管道直径 D 确定不变后，K 就是一个常数，这时感应电势则与体积流量具有线性关系，因而仪表具有均匀刻度。

电磁流量计的测量导管内无可动部件或突出于管内的部件，因而压力损失很小。在采取防腐衬里的条件下，可以用于测量各种腐蚀性液体的流量，也可以用来测量含有颗粒、悬浮物等液体的流量。此外，其输出信号与流量之间的关系不受液体的物理性质（例如温度、压力、黏度等）变化和流动状态的影响。对流量变化反应速度快，故可用来测量脉动流量。

电磁流量计只能用来测量导电液体的流量，其电导率要求不小于水的电导率。不能测量气体、蒸汽及石油制品等的流量。

二、转子流量计的安装、使用及维护

1. 转子流量计的安装

安装前应核实仪表最大允许工作温度和压力，应不低于管道被测流体的最高温度和压力；转子连接部分材质应符合被测流体要求。

仪表必须安装在便于维修的地方，必须留有较大空间，便于拆卸和清洗。锥管必须垂直安装，流体流向必须自下而上。流量计入口至少要有 $5D$ 的直管段距离。为避免管道振动，仪表应有牢固的支架支撑。

2. 转子流量计使用

在工业生产和科研工作中，经常遇到比较小的流量测量问题，而节流装置在管径小于50mm 时，还未实现标准化，所以对较小管径的流量测量常用转子流量计。对于比较大流量测量时（管径在 ϕ100mm 以上），不用转子流量计，因为这种口径的转子流量计与其他流量计相比显得太笨重。

3. 转子流量计维护

一般情况下，仪表不需要维护，但如果测量管和浮子被污染时，就必须进行清洗。清洗

时，流量计应从管路上拆下并断开所有连接。用于腐蚀或有毒介质环境的仪表，拆下时，要采用适当的防范措施，避免残留介质造成危害。清洗浮子时应避免浮子最大径受到损伤而影响测量的准确度。

三、质量流量计的安装、使用及维护

1. 质量流量计的安装

质量流量计安装主要有传感器安装和转换器安装。

传感器安装比较方便，对于安装没有特殊要求，对于上下游直管段也没有高的要求，可安装在水平、倾斜和垂直工艺管道上。

传感器应安装在无气、液混相的地方。"Ω"型流量计的安装方位，当测液体流量时，为防止气泡在流量管内停留，"Ω"弯管应朝下安装。当测量气体流量时，为防止液体在流量管内残存，"Ω"应朝上安装。

传感器若安装在泵出口管道上，传感器上游侧直管段长度为传感器连接法兰体间距长度4倍以上。

传感器上、下游侧管道法兰出口轴线、法兰螺栓孔方位应对中，不可偏心，安装时工艺管道对传感器不应有应力产生。

传感器应安装在无振动管道上，在水平管道安装，有必要在传感器上、下游侧的工艺管道设备处增设刚性无应力支撑架。

传感器的安装方向，外壳上的箭头标志应与流体流向一致。

2. 质量流量计的使用

质量流量计能够直接测量流体的质量流量；测量准确度高；应用范围广；安装要求不高；运行可靠、维修率低。

质量流量计在投运时应先打开前后阀门，关闭旁路阀门。投运后，仪表各部分不得任意改变。

3. 质量流量计的维护

① 向当班人员了解仪表运行状况。

② 查看仪表指示是否正常。

③ 查看仪表供电是否正常。

④ 查看表体连接件是否损坏。

⑤ 查看仪表外线路有无损坏及腐蚀。

⑥ 查看仪表与工艺管道连接处有无泄露。

⑦ 发现问题及时处理并报告。

四、靶式流量计的安装、使用及维护

1. 靶式流量计的安装

靶式流量计可安装在水平管道或流体自下而上的垂直管道上。

预制和焊接在管道上的连接短管的短管长度应满足靶式流量计的靶板中心与工艺管道的轴线同心的技术要求。短管上的连接形式、规格，应与靶式流量计的连接形式，规格相符。

为保证测量精度，靶板上下游应有一定长度直管段，上游为（5~10）D，下游为（3~5）D。

2. 靶式流量计的使用

靶式流量计结构简单，一般流体介质（液、气、蒸汽）、各种工况调节都可使用，可用

于高压、高温流体测量。由于它的测量原理是把靶的力矩转化成标准电流信号，对产生力矩要求较高，因此需要一定长度直管段，但它的维护工作量小且方便。

靶式流量计在投运时首先开启旁路阀，然后缓慢打开流量计入口阀，再缓慢打开出口阀，工作正常后再关闭旁路阀。

3. 靶式流量计的维护

同质量流量计的维护。

五、涡街流量计的安装、使用及维护

1. 涡街流量计的安装

涡街流量计传感器部分结构简单，安装比较方便，只是对安装位置选择格外严格，其安装要求如下。

① 传感器安装应选择在直管段较长，振动较小的地方，当管道有较大振动时，应对管道加设固定支撑。

② 如果管道上安装有手操阀、控制阀等，传感器安装位置应选择在阀门上游侧 $5D$ 以上直管段上。

③ 传感器下游侧长度通常在 $5D$ 以上。

④ 转换器是涡街流量计的重要组成部分，安装形式比较简单，只需一根 2" 钢管支撑，钢管水平或垂直焊接在金属板上，用 2" U 形螺栓把转换器卡固定在支架上，转换器应尽可能安装在靠近传感器并便于维护的地方。

2. 涡街流量计的使用

涡街流量计主要用于工业管道介质流体的流量测量，如气体、液体、蒸汽等多种介质。其特点是压力损失小，量程范围大，精度高，在测量工况时体积流量几乎不受流体密度、压力、温度、黏度等参数的影响。无可动机械零件，因此可靠性高，维护量小。仪表参数能长期稳定。涡街流量计采用压电应力式传感器，可靠性高，可在 $-20\sim+250℃$ 的工作温度范围内工作。有模拟标准信号，也有数字脉冲信号输出，容易与计算机等数字系统配套使用，是一种比较先进、理想的测量仪器。

3. 涡街流量计的维护

同质量流量计的维护。

六、流量检测系统故障判断及处理

1. 差压式流量变送器

(1) 故障现象：仪表投运后指示偏低

故障原因：孔板装反；正压管线有气体；差压变送器正压室有气体，三阀组平衡阀未关严或有内泄；

处理方法：重新装正；排除正压室中气体；关严或更换三阀组。

(2) 故障现象：一蒸汽流量计，由智能差压变送器、安全栅、DCS 组成，工艺反应流量不准。

故障原因：伴热引起气化；安全栅供电不足；变送器和 DCS 量程不一致；引压管或三阀组泄漏。

处理方法：调整伴热温度；更换安全栅或调整电源；修改量程；消除漏点。

2. 转子流量计

(1) 故障现象：转子流量计指示恒定不变。

故障原因：浮子卡住。

处理方法：橡皮锤敲击或拆卸疏通。

（2）故障现象：转子流量计始终指示最大。

故障原因：反馈杆脱落。

处理方法：重新连接好。

3. 质量流量计

故障现象：变送器通电没显示。

故障原因：保险丝熔断；

处理方法：更换保险丝。

4. 靶式流量计

（1）故障现象：通电后无输出

故障原因：电源极性接反或电路中有断路；

处理方法：正确连接；将断路接好。

（2）故障现象：管道内有流量而指示不变化

故障原因：靶片的正面没有对着流体的方向；可能有杂质卡住靶片。

处理方法：正确安装靶片方向；将杂质清除。

（3）故障现象：使用一段时间后，线性不好

故障原因：有介质粘在杠杆臂与外套管中间的腔内。

处理方法：将黏固的介质清洗掉。

5. 涡街流量计

故障现象：无流量有输出

故障原因：检查电缆是否有短路、断路、接地；

处理方法：找到故障点处理好。

七、流量仪表故障处理风险分析

1. 人员中毒

原因：

① 一次阀、接头、法兰密封不良。

② 有毒气体、液体泄漏。

③ 通风不良。

措施：

① 用手压泵把有毒气体、液体打回生产系统内。

② 确保一次阀、接头、法兰不泄漏。

③ 观察风向选择上风向作业。

④ 了解有毒物质的物理、化学性质和防毒知识。

⑤ 岗位员工会熟练使用空气呼吸器。

⑥ 必要时使用生产单位备用的空气呼吸器。

⑦ 熟记逃生路线和集合地点。

2. 生产介质易燃易爆引发火灾、爆炸

原因：

① 一次阀、接头、法兰密封不良，易燃易爆气体、液体泄漏。

② 现场有热源、明火、静电。

措施：

① 用手压泵把易燃易爆有毒气体、液体打回生产系统内。

② 用桶接好排放的介质送到指定地点存放。

③ 确保一次阀关严、接头、法兰不泄漏。

④ 使用防爆工具。

⑤ 熟知逃生路线和集合地点。

3. 生产介质高温造成人员烫伤，生产介质是酸碱物质灼伤人员

原因：

① 存在高温介质易烫伤人。

② 存在酸碱介质易灼伤人。

措施：

① 用手压泵把酸碱液体打回生产系统内。

② 确保一次阀关严、接头、法兰不泄漏。

③ 观察风向选择上风向作业。

④ 合理佩戴劳动保护用品（防护眼镜、防酸碱服、防酸碱手套）。

八、流量仪表大修内容

1. 差压式流量变送器

差压式流量计节流元件破坏时应更换；节流装置取压口应进行疏通清洗。

2. 转子流量计

检修时对转换器和机械部分清洗。

3. 质量流量计

注意检查传感器上的积垢，清洁、润滑外壳螺纹垫圈，不允许杂物堆积，损坏的垫圈和外壳应及时更换；HART手操器检查其零位和量程各标定系数是否正确。

4. 靶式流量计

检修时卸下流量计的测量管，将流量计解体，用酒精和水将靶板洗干净，清洗时不要将靶板碰伤。清洗后，应检查靶板和主杠杆，发现损伤和变形应更换。流量计接插件有无接触不良，表面氧化和变形，应进行修复或更换。

5. 涡街流量计

检修时应对检测元件黏着物进行清理。对流量计进行检定。

【训练项目】

一、差压变送器安装后初次启动（以EJA智能差压式变送器为例）

操作步骤如下。

① 检查各个阀门、导压管、活接头等是否已连接牢固。

② 检查二次阀和排污阀是否关闭，平衡阀是否关闭（三阀组）。

③ 稍开一次阀，然后检查导压管、阀门、活接头等，如果不漏就全开一次阀。

④ 分别打开排污阀进行排污后，关闭排污阀；拧松差压室死堵，排除其中的空气。

⑤ 待导压管内充满凝结水后方可启动差压变送器。

⑥ 启动差压变送器，开正压阀，关平衡阀，开负压阀。

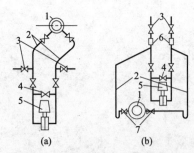

图 3-9 测量液体的流量时连接图

1—节流装置；2—引压导管；3—放空阀；

4—平衡阀；5—差压变送器；6—贮气罐；

7—切断阀

⑦ 如果在投用前需要进行量程调整以及其他内部设置时，使用 HART375 手操器进行操作，当其信号线与 DCS 相连时，用手操器对其进行量程更改，具体步骤见学习单元。

二、绘制气体、液体、蒸汽流量检测系统示意图

① 测量液体的流量时，应该使两根导压管内都充满同样的液体而无气泡，以使两根导压管内的液体密度相等。这样，由两根导压管内液柱所附加在差压计正负压室的压力可以互相抵消。为了使导压管内没有气泡，必须做到：

a. 取压点应该位于节流装置的下半部，与水平线夹角 α 应为 $0°\sim45°$，如图 3-9 所示（如果从底部引出，液体中夹带的固体杂质会沉积在引压管内，引起堵塞，亦属不宜）；

b. 引压导管最好垂直向下，如条件不许可，导管亦应下倾一定的坡度（至少 1：20～1：10），使气泡易于排出；

c. 在引压导管的管路内，应有排气的装置。如果差压计只能装在节流装置之上时，则须加装贮气罐。这样，即使有少量气泡，对差压 Δp 的测量仍无影响。

② 测量气体测量时，上述的这些基本原则仍然适用。尽管在引压导管的连接方式上有些不同，其目的仍是要保持两根导管内流体的密度相等。为此，必须使管内不积聚气体中可能夹带的液体，具体措施是：

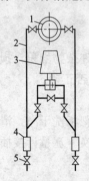

图 3-10 测量气体流量时的连接图

1—节流装置；2—引压导管；3—差压变送器；

4—贮液罐；5—排放阀

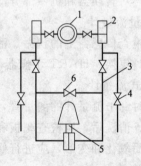

图 3-11 测量蒸汽流量的连接图

1—节流装置；2—凝液罐；3—引压导管；4—排放阀；

5—差压变送器；6—平衡阀

a. 取压点应在节流装置的上半部；

b. 引压导管最好垂直向上，至少亦应向上倾斜一定的坡度，以使引压导管中不滞留液体；

c. 如果差压计必须装在节流装置之下，则须加装贮液罐和排放阀，如图 3-10 所示。

③ 测量蒸汽的流量时，要实现上述的基本原则，必须解决蒸汽冷凝液的等液位问题，以消除冷凝液液位的高低对测量精度的影响。

取压点从节流装置的水平位置流出，并分别安装凝液罐 2（图 3-11）。这样，两根导管内都充满了冷凝液，而且液位一样高，从而实现了差压 Δp 的准确测量。自凝液罐至差压计的接法与测量液体流量时相同。

【考核】

见表 3-1。

表 3-1　学习情境三考核表

成果	分值	考核要点	得分
报告	10	检查各个阀门、导压管、活接头等是否已连接牢固	
	10	检查二次阀和排污阀是否关闭,平衡阀是否关闭(三阀组)	
	10	稍开一次阀(根部阀),然后检查导压管、阀门、活接头等,如果不漏就全开一次阀	
	10	进行排污以及空气排出	
	10	待导压管内充满凝结水后方可启动差压变送器	
	10	启动差压变送器,开正压阀,关平衡阀,开负压阀	
	10	能用手操器对其经行量程以及更改其他设置	
	30	能正确绘制气体、液体、蒸汽流量检测系统示意图(每图 10 分)	

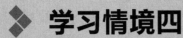

学习情境四

物位的检测

【学习目标】

① 掌握常用液位计的结构及工作原理；
② 了解液位检测系统的故障判断及处理；
③ 掌握在线液位仪表的故障处理风险分析；
④ 掌握液位仪表大修内容。

【导论】

一、物位检测仪表特点及意义

通过物位的检测，可以正确获知容器设备中所储物质的体积或重量；监视或控制容器内的介质物位，使它保持在一定的工艺要求的高度，或对它的上、下限位置进行报警，以及根据物位来连续监视或控制容器中流入与流出物料的平衡。

二、物位检测仪表的种类

按工作原理的不同，物位仪表主要有下列几种类型。
① 直读式物位仪表；
② 差压式物位仪表；
③ 浮力式物位仪表；
④ 电磁式物位仪表；
⑤ 核辐射式物位仪表；
⑥ 声波式物位仪表；
⑦ 光学式物位仪表。

除上述之外，还有一些其他型式的物位仪表，这里不一一介绍，下面主要介绍差压式液位计，并简单介绍几种其他类型的物位检测仪表。

【任务分析】

正常生产中常压塔塔底液位控制在 50%，以维持常压塔的物料平衡，工艺要求保持液位稳定。液位低了，造成塔内抽空；液位高了，产品质量不合格。因此，必须及时检测塔底液位。通常采用差压式液位计和浮球式液位计同时检测。

本学习情境以常减压装置为载体介绍液位检测仪表。

【任务实施】

步骤一：仪表的选型

1. 类型的选择

采用 EJA-110A 差压变送器。

2. 量程的选择

0～24.5kPa。

3. 精度的选择。

0.075。

步骤二：检测系统连接

图 4-1 为常压塔塔底液位检测系统，图 4-2 为差压变送器的现场安装示意图。常压塔塔底液位测量系统的连接示意如图 4-3 所示，从图中可以看到：

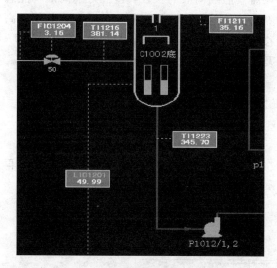

图 4-1　常压塔塔底液位检测系统

图 4-2　差压变送器的现场安装示意图

① 差压变送器与容器的液相取压点不在同一水平面上。

② 增加隔离液。

对存在上面的两种情况应该对差压变送器进行零点迁移。

迁移量为：　　　　$-(h_2-h_1)\rho_2 g$

步骤三：仪表的安装

1. 差压式液位变送器的安装

差压式液位计可以测量常压容器和有压容器液位。安

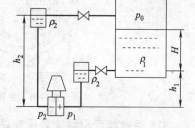

图 4-3　常压塔塔底液位测量示意图

装常压容器液位计时，容器底部的取压法兰直接连接差压变送器的正压室，差压变送器的负压室直接通大气，如图 4-4 所示。

常压塔属于有压容器。安装有压容器液位计时，容器上下分别焊两个开口法兰，上法兰开口连接负压室，下法兰开口连接正压室。如果容器内外温差较大或容器内介质气相容易凝结成液体时，负引压管线上应加装冷凝容器。由于安装条件的限制，差压变送器安装在容器下面，要注意零点迁移。

对有腐蚀和黏稠介质可采用单双法兰差压变送器来测量。如图 4-5 所示。

2. 差压式液位变送器投运

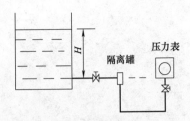

图 4-4　压力表测量液位原理

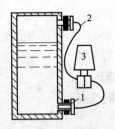

图 4-5　法兰式差压变送器测量液位示意图

1—法兰式测量头；2—毛细管；3—变送器

变送器在启用前，应作好检查和准备工作，需要灌隔离液的仪表，应灌好隔离液，注意排出气泡。需要迁移的差压变送器，应在灌好隔离液的前提下，将三阀组的平衡阀关闭，高低压阀打开，一次阀上的放空阀打开，进行迁移调整，使变送器输出符合要求。

在确认差压变送器安装正确，试压无泄漏及三阀关闭的情况下，可按以下步骤投用：

① 打开一次引压阀；

② 开启平衡阀（灌隔离液测量液位的仪表禁用此步骤）；

③ 开启三阀组的高压阀；

④ 关闭平衡阀，开启负压阀；

⑤ 打冲洗油的差压变送器，启用前应将仪表及引压管灌满冲洗油，调好零位。然后再打开冲洗油按以上各步启用。

步骤四：差压式液位计组态

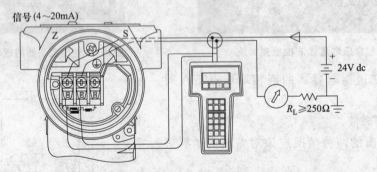

图 4-6　手操器与变送器以及 DCS 信号线连接示意图

375 手操器可与智能差压变送器进行通信，对其进行数据组态。现场可接在表的电源端子处，控制室可接在信号端子处，回路电阻应保证在 $250 \sim 1000\Omega$ 的范围内。如图 4-6 所示为手操器与变送器的连接方式。

1. 基本仪表组态或设定

① 打开电源开关等待 375 进入主菜单画面。如图 4-7 所示。

② 使用光标笔双击"HART 应用栏"。如果手操器与变送器通信正常，则画面应转入在线画面。

此时，双击"仪表设置"即可进入变送器的组态菜单。

375 Main Menu(375主菜单)

HART Application (HART 应用)
FOUNDATION Fieldbus Application(现场总线应用)
Settings(手操器设置)
Listen For PC(与PC 通讯)
ScratchPad (写字板)

图 4-7　375 手操器主菜单

仪表组态画面有 5 个选项：如图 4-8 所示。

a. 双击"显示过程变量"后，您可以察看与变送器相关的所有测量参数。

b. 进入诊断画面，您可以对仪表进行各种校验及回路测试，另外仪表的各项报警也可以查看。

c. 进入"基本设置"您可以进行修改位号；工程单位；量程及仪表的阻尼系数；传递函数。

因此，这是最常用的菜单。您可以双击 5 个选项的任一个进入该菜单。以下是菜单 3（Basic setup），如图 4-9 所示。

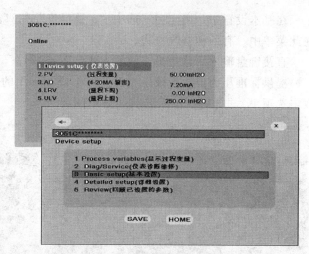

图 4-8　仪表设置示意图

注意：单击左箭头可以退回上一级菜单，单击"X"图标退回主菜单（此时可以关机）。单击"HOME"退回在线菜单（Online，此菜单为实时参数更新画面）。

2. 修改单位

双击"单位"进入修改工程单位子菜单（图 4-10）。

使用光笔单击所选定的单位，然后单击"ENTER"，这时候会提示，当前过程变量在该选定单位尚未发送至变送器之前仍然为原单位，应在下拉菜单中进行发送（SEND）。因此，见到提示后，即按 OK 则出现下拉菜单（图 4-11）。此时单击"SEND"并在见到提示后，按 OK，修改后的单位即下装到变送器中。

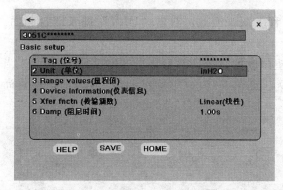

图 4-9　菜单

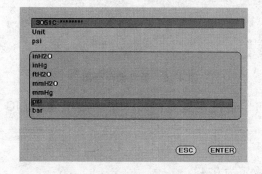

图 4-10　子菜单

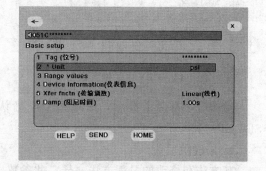

图 4-11　下拉菜单

最后见提示单击 OK 完成该操作（注意，单位 Unit 左上角"＊"在发送成功后，应消失）。

3. 修改量程

在基本设置中，用光标笔选中"3 量程值"并双击，则进入量程修改菜单（同图 4-9），在此菜单中，有两种修改方式。

直接键盘输入，这是最方便的方式（图 4-12）。

提供标准压力值并将该压力确认为 4 或 20mA 的设定点。下面，为直接键盘输入方式：双击选项 1，进入键盘输入选项（图 4-13）。

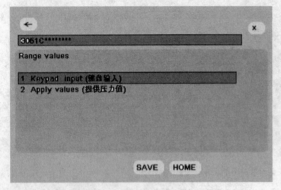

图 4-12　直接键盘输入

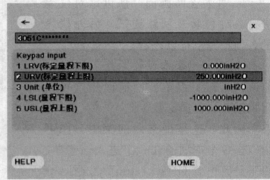

图 4-13　进入键盘输入选项

一般来说，如不做迁移，则只需修改量程上限。因此，双击"URV"进入键盘画面。如图 4-14 所示。

可以使用光笔，点击数字键直接输入希望修改的量程。然后点击"ENTER"确认。当返回上一级菜单后，单击"SEND"进行发送。见图 4-15（URV 左上角 * 号表示该参数尚未发送）。

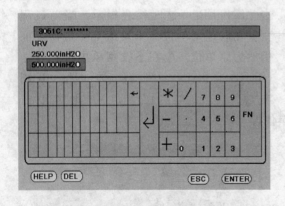

图 4-14　URV 中的键盘画面

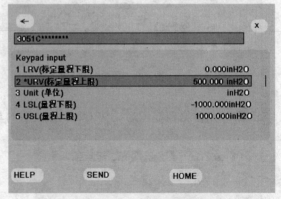

图 4-15　量程保存画面

发送后，有两个提示，请单击 OK 确认即可。请按左键返回基本设置菜单（BASIC SETUP）进行下一步。

4. 修改阻尼值

其方法和修改的量程方法一样。此参数出厂设定为 0.4s。

★【知识链接一】

一、差压式液位计测量原理

1. 工作原理

差压式液位计，是利用容器内的液位改变时，由液柱产生的静压也相应变化的原理而工作的，如图 4-16 所示。当差压计的一端接液相，另一端接气相时，根据流体静力学原理，可知

$$p_B = p_A + H\rho g \tag{4-1}$$

式中　p_A，p_B——分别是气相压力和 B 处的压力；

　　　　H——液位高度；

　　　　ρ——介质密度；

　　　　g——重力加速度。

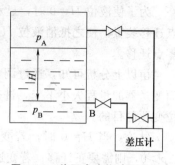

图 4-16　差压式液位计原理图

由式（4-1）得到

$$\Delta p = p_B - p_A = H\rho g \tag{4-2}$$

通常，被测介质的密度是已知的。因此，差压计得到的差压与液位高度 H 成正比。这样就把测量液位高度的问题转换为测量差压。

2. 零点迁移问题

用差压式液位计测量液位，在安装时常会遇到以下几种情况。

① 差压变送器与容器的液相取压点不在同一水平面上。例如容器或设备安装在高处，但为了维护检修方便，需要把差压计安装在地面上，如图 4-17 所示。

变送器正压室受到的压力　　　$p_+ = p_0 + \rho g H + \rho g h \tag{4-3}$

负压室受到的压力　　　　　　$p_- = p_0 \tag{4-4}$

所以，差压　　　　　　　　　$\Delta p = p_+ - p_- = \rho g H + \rho g h \tag{4-5}$

显然，当 $H=0$ 时，$\Delta p = \rho g h \neq 0$，所以 $I_0 \neq 4\text{mA}$，因此，显示仪表指示不为零（大于零）。

② 如果被测介质易挥发成气体，负导压管中将会有冷凝液产生，影响到液面的准确测量。为了保证测量准确，需要在负压管中加隔离液。或者是为防止容器内的液体或气体进入变送器而造成管线堵塞或腐蚀，并保持负压室的液柱高度恒定，均需加装隔离罐。如图4-18所示。

此时，　　　　$\Delta p = p_+ - p_- = (p_0 + \rho_1 g H + \rho_2 g h_1) - (p_0 + \rho_2 g h_2)$

　　　　　　　　　$= \rho_1 g H - \rho_2 g (h_2 - h_1) \tag{4-6}$

式中　ρ_1——被测介质的密度；

　　　　ρ_2——隔离液的密度。

当 $H=0$ 时，$\Delta p = -\rho_2 g (h_2 - h_1) \neq 0$，所以 $I_0 \neq 4\text{mA}$，因此，显示仪表指示也不为零（小于零）。

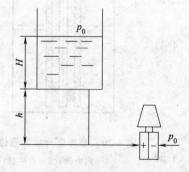

图 4-17　测量高处容器液位的安装示意图

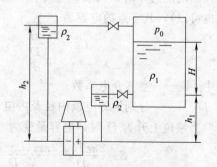

图 4-18　加装隔离罐的安装示意图

为了使液位 $H=0$ 时，显示仪表的指示为零，对上面两种情况应该调整差压变送器的零点迁移装置，使之抵消液位 H 为零时，差压计指示不为零的那一部分固定差压值，这就是零点迁移。

由以上分析可知，通过调整变送器的"零点迁移装置"，变送器量程的上下限同时改变，而变送器的量程大小不变，进行相应的迁移调整后，达到了使液位变送器的输出正确反映液位变化的目的。

结论：当 $H=0$ 时，若变送器感受到的 $\Delta p=0$，则不需要迁移；若变送器感受到的 $\Delta p>0$，则需要正迁移；若变送器感受到的 $\Delta p<0$，则需要负迁移。

二、其他物位计

物位检测仪表的类型很多，前面已介绍了用差压计或差压变送器来测量液位。下面再简单介绍几种其他物位计。

1. 电容式物位计

（1）测量原理　在平行板电容器之间，充以不同介质时，电容量的大小也有所不同。因此，可通过测量电容量的变化来检测液位、料位和两种不同液体的分界面。

图 4-19 是由两同轴圆柱极板 1、2 组成的电容器，在两圆筒间充以介电系数为 ε 的介质时，则两圆筒间的电容量表达式

$$C=\frac{2\pi\varepsilon L}{\ln\dfrac{D}{d}} \tag{4-7}$$

式中　L——两极板相互遮盖部分的长度；

d，D——圆筒形内电极的外径和外电极的内径；

ε——中间介质的介电系数。

所以，当 D 和 d 一定时，电容量 C 的大小与极板的长度 L 和介质的介电系数 ε 的乘积成比例。这样，将电容传感器（探头）插入被测物料中，电极浸入物料中的深度随物位高低变化，必然引起其电容量的变化，从而可检测出物位。

图 4-19　电容器的组成
1—内电极；2—外电极

（2）液位的检测　对非导电介质液位测量的电容式液位计原理如图 4-20 所示。它由内电极 1 和一个与它相绝缘的同轴金属套筒做的外电极 2 所组成，外电极 2 上开很多小孔 4，使介质能流进电极之间，内外电极用绝缘套 3 绝缘。当液位为零时，仪表调整零点（或在某一起始液位调零也可以），其零点的电容为

$$C_0=\frac{2\pi\varepsilon_0 L}{\ln\dfrac{D}{d}} \tag{4-8}$$

式中　ε_0——空气介电系数；

D，d——分别为外电极内径及内电极外径。

当液位上升为 H 时，电容量变为

$$C=\frac{2\pi\varepsilon H}{\ln\dfrac{D}{d}}+\frac{2\pi\varepsilon_0(L-H)}{\ln\dfrac{D}{d}} \tag{4-9}$$

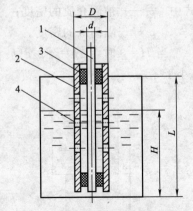

图 4-20　非导电介质的液位测量
1—内电极；2—外电极
3—绝缘套；4—流通小孔

电容量的变化为

$$C_x = C - C_0 = \frac{2\pi(\varepsilon - \varepsilon_0)H}{\ln\dfrac{D}{d}} = K_i H \tag{4-10}$$

因此，电容量的变化 C_x 与液位高度 H 成正比。式（4-10）中 K_i 为仪表灵敏度，K_i 中包含（$\varepsilon - \varepsilon_0$），也就是说，这个方法是利用被测介质介电系数 ε 与空气介电系数 ε_0 不等的原理工作的。（$\varepsilon - \varepsilon_0$）值越大，仪表越灵敏。$D/d$ 实际上与电容两极间的距离有关，D 与 d 越接近，即两极间距离越小，仪表灵敏度越高。

上述电容式液位计在结构上稍加改变以后，也可以用来测量导电介质的液位。

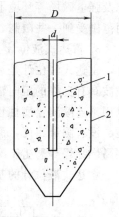

图 4-21 料位检测
1—金属棒内电极；
2—容器壁

（3）料位的检测 用电容法可以测量固体块状、颗粒体及粉料的料位。

由于固体摩擦较大，容易"滞留"，所以一般不用双电极式电极。可用电极棒及容器壁组成电容器的两极来测量非导电固体料位。

图 4-21 示为用金属电极棒插入容器来测量料位，它的电容量变化与料位升降的关系为

$$C_x = \frac{2\pi(\varepsilon - \varepsilon_0)H}{\ln\dfrac{D}{d}} \tag{4-11}$$

式中 D，d——分别为容器的内径和电极的外径；

ε，ε_0——分别为物料和空气的介电系数。

2. 核辐射物位计

放射性同位素的辐射线射入一定厚度的介质时，部分粒子因克服阻力与碰撞动能消耗被吸收，另一部分粒子则透过介质。射线的透射强度随着通过介质层厚度的增加而减弱。入射强度为 I_0 的放射源，随介质厚度而呈指数规律衰减，即

$$I = I_0 e^{-\mu H} \tag{4-12}$$

式中 μ——介质对放射线的吸收系数；

H——介质层的厚度；

I——穿过介质后的射线强度。

不同介质吸收射线的能力是不一样的，一般说来固体吸收能力最强，液体次之，气体则最弱。当放射源已经选定，被测的介质不变时，则 I_0 与 μ 都是常数，根据式（4-12），只要

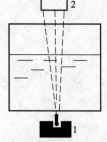

**图 4-22 核辐射物
位计示意图**

1—辐射源；2—接收器

测定通过介质后的射线强度 I，介质的厚度 H 就知道了。介质层的厚度，在这里指的是液位和料位的高度，这就是放射线检测物位法。

图 4-22 是核辐射物位计的原理示意图。辐射源 1 射出强度为 I_0 的射线，接收器 2 用来检测透过介质后的射线强度 I，再配以显示仪表就可以指示物位的高低了。

这种物位仪表由于核辐射线的突出特点，即能够透过如钢板等各种固体物质，因而能够完全不接触被测物质，适用于高温、高压容器、强腐蚀、剧毒、有爆炸性、黏滞性、易结晶或沸腾状态的介质的物位测量，还可以测量高温融熔金属的液位。由于核辐射线特性不受温度、湿度、压力、电磁场等影响，所以可在高温、烟雾、尘埃、强

光及强电磁场等环境下工作。但由于放射线对人体有害，它的剂量要加以严格控制，所以使用范围受到一些限制。

3. 雷达式液位计

雷达式液位计是一种采用微波技术的液位检测仪表，当前在石化领域广泛被采用。由于微波具有良好的定向辐射性，在传输过程中受火焰、灰尘、烟雾及强光的影响极小，因此可以用来连续测量腐蚀性液体、高黏度液体和有毒液体的液位。它没有可动部件、不接触介质、没有测量盲区，而且测量精度几乎不受被测介质的温度、压力、相对介电常数的影响，在易燃易爆等恶劣工况下仍能应用。

雷达式液位计的基本原理如图 4-23 所示。雷达波由天线发出，抵达液面后被反射，被同一天线所接收。雷达波由天线发出到接收到由液面来的反射波的时间 t 由下式确定

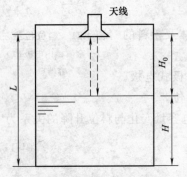

图 4-23 雷达式液位计示意图

$$t = \frac{2H_0}{c} \qquad (4\text{-}13)$$

式中　t——雷达波由发射到接收的时间差；
　　　H_0——天线到被测介质液面间的距离；
　　　c——电磁波传播速度，300000km/s。

由于　　　　　　　　　　$H = L - H_0$

故　　　　　　　　　　$H = L - \frac{c}{2}t \qquad (4\text{-}14)$

式中　H——液面高度；
　　　L——天线距罐底高度。

由式（4-14）可以看出，只要测得时间 t，就可以计算出液位的高度 H。

4. 反吹风液位测量系统原理

反吹式液位测量，特别适用于具有腐蚀性、高黏度或有悬浮颗粒的液体，主要对处在地表面以下的灰浆池、污液槽、污油槽以及冷凝液槽等容器的液位测量。虽然大多用于不太重要的场合，但其使用率很高，有的还带有调节阀或高低联锁。如果测量有误，会使被测容器抽容或介质溢出，给生产带来不便。

反吹式液位测量原理如图 4-24 所示，净化气源经过流量测控，恒定地吹入导压管。开始时，调整减压阀，使吹气压力大于介质的压力，这时吹气压力将充满导压管和差压变送器的正压室，并且应使吹入的气体缓慢地从容器中鼓泡排出液面，一般每分钟最多几十个小气泡，即可满足要求。由于从导压管排出的气体流量很小，导压管内气体压力与导压管口的液体介质压力相等，这时差压变送器（或压力变送器）所反映的差压（压力）就是被测液位的压力。通过压力的准确检测而获得容器中的液位参数。

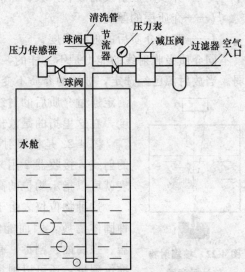

图 4-24 反吹式液位测量原理图

三、浮力式液位计

（一）浮力式液位计测量原理

电动浮球液位变送器主要由测量传感机构和电动变送器两大部分组成。测量传感元件为球型浮球。而变送器则是平衡杆和平衡锤与浮球构成的力矩平衡机构，因此浮球可以自由地随液位的变化而升降。当液位改变时，浮球的位置发生相应的变化，带动主轴转动，主轴与表头角位移传感器输出轴相连接，角位移传感器将浮球随液位的变化转换成相应的电信号，在由表头内部的电子电路将此信号转换为与液面变化成正比的标准电流信号。

（二）浮力式液位计的种类

共有恒浮力式和变浮力式两种。

浮球和浮标式属恒浮力式，沉筒属变浮力式。

（三）电动浮筒变送器的安装、使用及维护

1. 电浮筒变送器安装

按照安装方式，浮筒式液位计分为内浮筒和外浮筒。为方便维护，对于不允许轻易停车的工艺设备，应采用外浮筒。浮筒液位计必须垂直安装，保证浮筒不接触浮筒室内壁。内浮筒液位计安装通常为顶部安装，接口采用法兰连接，法兰标准、等级的选取要按安装设备的设计压力来考虑。外浮筒液位计在设备的侧壁安装，接口都采用法兰连接，通常在外壁同一条垂线上设计上、下两个法兰。根据浮筒筒体法兰方位，外浮筒液位计安装型式分为侧侧、底侧、顶侧安装，如图 4-25 所示。

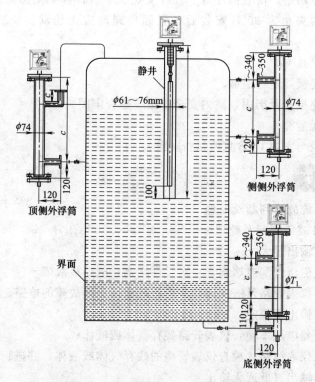

图 4-25　外浮筒液位计安装示意图

2. 电浮筒变送器使用及维护

（1）浮筒变送器投运

① 缓慢打开正压阀门，使被测介质进入浮筒内。

② 检查泄漏情况，如有泄漏进行消漏处理。

③ 打开负压阀门（上引压阀）。

④ 确认仪表指示是否正确。

（2）浮筒变送器维护

① 投用仪表前要与工艺设备一起试压，并检查仪表使用条件，如工作压力和工作温度是否符合要求。

② 要检查各管路阀门是否灵活好用。

③ 仪表投用后定期检查，发现问题及时处理。

④ 按工艺介质的脏污情况，对浮筒室定期排放和清洗。

⑤ 仪表元件不能轻易更换，如需更换，应按规程进行。

（四）浮球式液位变送器安装及维护

1. 浮球式液位变送器安装

浮球变送器的法兰是通过法兰密封垫直接安装在被测介质容器侧壁接口法兰上的。在安装前，首先应结合变送器的结构特点，考虑以后操作、观察、维修方便的位置和方向。浮球变送器如果安装在法兰左侧为左侧安装，反之为右侧安装。浮球变送器安装必须牢固可靠，符合工艺设备的压力，密封要求，保证浮球的限位装置垂直，以免在测量高限和低限时增大测量误差。液面的变化范围应满足仪表量程范围。安装后，通电检查仪表的零位，如不在 4mA 上，应进行零位调整。仪表的浮球、杠杆支点、平衡杆和平衡锤应在同一平面内。外部中心轴与平衡杆的夹角为 90°，安装后各紧固件螺丝应无松动。安装后检查盘根松紧情况。

2. 浮球液位变送器维护

① 检查各法兰连接处是否泄漏。

② 检查接线盒连接是否牢固，室内安全栅接线是否牢固。

③ 检查盘根有无泄漏。

④ 检查一次仪表与室内 DCS 数值是否一致。

⭐ 【知识链接二】

一、液位检测系统故障判断及处理

1. 差压式液位计故障判断及处理

（1）故障现象：输出过大

故障原因：仪表引压管漏或堵塞，一次元件堵塞，电路板故障

处理方法：检查仪表管路及一次元件并进行疏通，更换故障的电路。

（2）故障现象：输出不稳定

故障原因：变送器电压不稳；仪表管路残存气体或液体；

处理方法：检查仪表线路；检查仪表管路的残存气体或液体，并进行处理。

（3）故障现象：输出过低或无输出

故障原因：仪表接线极性接反；仪表管路连接错误；旁路阀或平衡阀未关严。

处理方法：检查仪表接线并调整；检查仪表管路，按正确的连接方式连接；关闭旁路阀或平衡阀；

2. 浮筒故障判断及处理

（1）故障现象：实际液位有变化，但无指示或指示不跟踪

故障原因：引压阀，管堵或积有脏污，浮筒破裂，浮筒被卡住变送器损坏；

处理方法：疏通、清洗或更换引压阀，更换浮筒，拆开清理筒体内脏污，更换变送器。

（2）故障现象：无液位，但指示为最大

故障原因：浮筒脱落。

处理方法：变送器故障，重装，更换变送器。

（3）故障现象：有液位，但指示为最小

故障原因：扭力管断，支承簧片断，变送器故障。

处理方法：更换扭力管或支承簧片，更换变送器。

3. 浮球式液位变送器故障处理

（1）故障现象：液位变化不灵敏

故障原因：密封圈过紧，浮球变形。

处理方法：调整密封部件，更换浮球。

（2）故障现象：指示为最大，但实际液位为零

故障原因：浮球脱落或者变形破裂。

处理方法：重装浮球或更换浮球。

（3）故障现象：指示误差大

故障原因：连接部件松动或者平衡锤位置不正确。

处理方法：紧固松动部件或者调整平衡锤位置。

（4）故障现象：液位变化但无电流输出

故障原因：变送器损坏、电源故障或信号线接触不良。

处理方法：更换变送器、或者处理电源或信号线故障。

二、液位仪表故障处理风险分析

1. 人员中毒

原因：

① 一次阀、接头、法兰密封不良。

② 有毒气体、液体泄漏。

③ 通风不良。

措施：

① 用手压泵把有毒气体、液体打回生产系统内。

② 确保一次阀、接头、法兰不泄漏。

③ 观察风向上风向作业。

④ 了解有毒物质的物理、化学性质和防毒知识。

⑤ 岗位员工会熟练使用空气呼吸器。

⑥ 必要时使用生产单位备用的空气呼吸器。

⑦ 熟记逃生路线和集合地点。

2. 生产介质易燃易爆引发火灾、爆炸

原因：

① 一次阀、接头、法兰密封不良，易燃易爆气体、液体泄漏；

② 现场有热源、明火、静电。

措施：

① 用手压泵把易燃易爆有毒气体、液体打回生产系统内；

② 用桶接好排放的介质送到指定地点存放；

③ 确保一次阀关严、接头、法兰不泄漏；

④ 使用防爆工具；

⑤ 熟知逃生路线和集合地点。

3. 生产介质高温造成人员烫伤，生产介质是酸碱物质灼伤人员。

原因：

① 存在高温介质易烫伤人；

② 存在酸碱介质易灼伤人。

措施：

① 用手压泵把酸碱液体打回生产系统内；

② 确保一次阀关严、接头、法兰不泄漏；

③ 观察风向上风向作业；

④ 合理佩戴劳动保护用品（防护眼镜、防酸碱服、防酸碱手套）。

三、液位仪表大修内容

电动浮筒液位变送器检修周期应与装置同步。在大修中应清除浮筒、杠杆和扭力管上的油污、杂物。必要时拆除连接部分，取出浮筒进行清洗和吹扫。检查浮筒、扭力管、杠杆等零件有无磨损、变形和泄漏，情况严重应更换。检查浮筒重量，并修正至出厂数值。组装时，中心轴穿过小轴承时要加润滑油。在仪表拆卸搬运时，应保证浮筒两端的保护螺盖装上，以保护扭力组件不被损坏。

电动浮球液位变送器一般与生产装置同步检修。在检修期间应检查浮球与杠杆、杠杆与中心轴等连接情况，清理杂物。检查浮球是否变形或者有裂纹等瑕疵，如有则更换浮球。需拆卸检查的，安装后与工艺设备一同试压。

【训练项目】

以智能式差压变送器测量常减压电脱盐罐液位系统为例，试判断是否存在正负迁移，并对迁移故障进行处理；再以 FST-3000 型浮筒式液位检测系统为例，对智能浮筒进行水校并填写校验单。

一、以智能式差压变送器测量常减压电脱盐罐液位系统为例，试判断是否存在正负迁移

步骤如下。

（1）利用差压变送器的输出信号来判断　正常的情况下 $\Delta p = H\rho g$。而存在负迁移时，就相当于在负压室存在一个负的压力。差压变送器的输出信号是 4～20mA，当无迁移时，$H=0$ 时，$\Delta p=0$，输出为 4mA；而 $H=H_{max}$ 时输出为 20mA。而当负压室有一个 $(h_2 - h_1)\rho_2 g$ 的压力时，$H=0$ 时，$\Delta p<0$，所以输出小于 4mA，同理当 $H=H_{max}$ 输出也小于 20mA。即当存在负迁移时使输出变小，而当存在正迁移时会使输出变大。

（2）也可以参考图 4-3 来判断　先计算 Δp 的大小，根据 Δp 的正负来判断迁移。如 Δp 为负值则为负迁移；反之为正迁移。

二、以智能浮筒式液位检测系统为例，对智能浮筒液位变送器进行水校并填写校验单

水校法是用于仪表安装在现场不方便拆装，并且仪表精度要求不高的地方。如图 4-26 所示。

工具：十字螺丝刀，活板子，内六角，连通管，水桶。

校验步骤如下。

① 关闭仪表外套筒与设备之间的切断阀，使浮筒与工艺之间分离，打开排污口将内部液体排出，并将透明连通管与之相连。

② 在浮筒上标示出零点位置（下侧法兰中心线）和水校时满刻度位置在套筒上将满刻度分10份。

③ 加水至50％，之后将毫安表（误差等级要低于0.2）或者手操器与变送器的输出端相连，并查看输出数据，是否为12mA（毫安表输出）或者是输出量程的一半（手操器输出），若不是则松开仪表壳体内的三个内六角螺丝，调节凸轮，使显示的毫安表或者手操器的输出显示在正常的范围内，后紧固之。

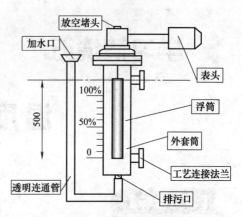

图4-26　水校法示意图

④ 若逐渐加水则水平面不容易稳定，所以采用液面逐渐降低的方式。首先将水加至量程的100％处，查看毫安表或者手操器的显示是否为20mA或者为量程的100％，若不是则按照③的方法调节凸轮，之后依次将水放掉25％、50％、75％、100％，查看液面的100％、75％、50％、25％和0是否与毫安表的20mA、16mA、12mA、8mA以及4mA相对应。如符合则标定结束，不符合则调整至符合。

⑤ 填写校验单。

👉 【考核】

步　　骤	分值	考 核 要 点	得分
判断以及解决正负迁移	20	能判断出是否存在正迁移	
	20	能判断出是否存在负迁移	
水校阀标定浮筒液位计	5	了解水校法常用场合以及用到的工具	
	10	能正确将调节阀切出并排出内部介质	
	10	能在浮筒上标出零点和量程，并将其平分为10份	
	30	能按正确步骤和方法对浮筒液位计进行水校验	
	5	能正确填写校验单	

温度的检测

【学习目标】

① 掌握温度检测的基本概念；
② 掌握常用温度检测仪表的工作原理；
③ 掌握在线温度系统故障判断、处理、风险分析及大修内容。

【导论】

在炼化生产中，温度是既普遍而又十分重要的操作参数。任何一种化工生产过程，都伴随着物质的物理和化学性质的改变，都必然有能量的转化和变换，而热交换则是这些能量转换中最普遍的交换形式。此外，有些化学反应与温度有着直接的关系。譬如某些化学反应，在未达到反应温度以前是根本不能进行的；而另一些化学反应，在温度超过某一极限值后会有燃烧、爆炸等危险。

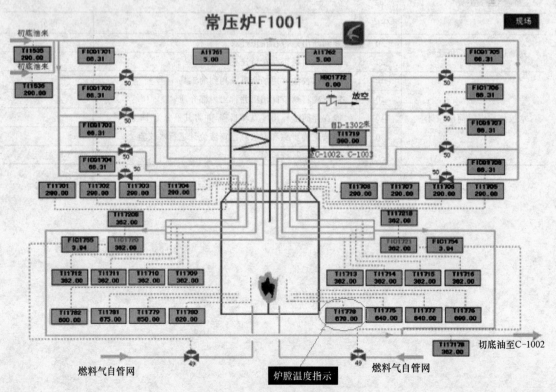

图 5-1　常减压加热炉仿真示意图

在常减压装置中加热炉是利用燃料在炉膛中燃烧产生热量，将炉管内通过的物料加热至下游工艺所需要的温度，炉温波动将给下游工艺带来不利影响，影响产品质量和收率，所以，温度的检测与控制是保证炼化生产实现稳产、高产、安全、优质、低消耗的关键之一。

图 5-1 是常减压加热炉仿真示意图。

一、温度检测仪表的分类

按照测量方式的不同，温度检测仪表可以分为接触式与非接触式两类。

按照转换原理的不同，温度检测仪表可以分为膨胀式温度计、压力计式温度计、热电阻式温度计、热电偶温度计、辐射高温计。

二、温度检测仪表的基本原理

工业上测温仪表的基本原理有以下几种。

1. 应用热膨胀原理测温

利用液体或固体受热时产生热膨胀的原理，可以制成膨胀式温度计。玻璃温度计是属于液体膨胀式温度计；双金属温度计是属于固体膨胀式温度计。

2. 应用压力随温度变化的原理测温

利用封闭在固定体积中的气体、液体或某种液体的饱和蒸汽受热时，其压力会随着温度而变化的性质，可以制成压力计式温度计。由于一般称充以气体、液体或饱和蒸汽的容器为温包，所以这种温度计又称温包式温度计。如图 5-2 所示。

3. 应用热阻效应测温

利用导体或半导体的电阻随温度变化的性质，可制成热电阻式温度计。根据所使用的热电阻材料的不同，有铂热电阻、铜热电阻和半导体热敏电阻温度计等。

4. 应用热电效应测温

利用金属的热电性质可以制成热电偶温度计。根据所使用的热电偶材料的不同，有铂铑$_{10}$-铂热电偶、镍铬-镍硅热电偶、镍镉-铜镍热电偶、铂铑$_{30}$-铂铑$_6$ 热电偶等。

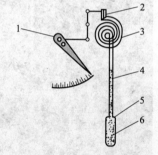

图 5-2　温包式温度计
1—指针；2—双金属片；3—盘簧管；4—毛细管；5—温包；6—工作物质

5. 应用热辐射原理测温

利用物体辐射能随温度而变化的性质可以制成辐射高温计。由于这时测温元件不再与被测介质相接触，故属于非接触式温度计。

子情境一　加热炉炉膛温度的检测

【任务分析】

加热炉炉膛温度表征炉膛内温度高低，是加热炉的重要控制指标，炉膛温度是加热炉负荷的反应，提高炉膛温度能够提高加热炉辐射传热强度，但过高的炉膛温度使介质结焦，烧坏炉管，不利于安全运行；过低，达不到指标。因此，必须及时检测加热炉炉膛温度。

本学习情境以常减压装置为载体介绍热电偶温度计。

【任务实施】

步骤一：选表

图 5-3　热电偶在现场的安装位置

热电偶温度计它的测温范围很广，可测量生产过程中 0～1600℃ 范围内（在某些情况下，上下限还可扩展）液体、蒸汽和气体介质以及固体表面的温度。在 500℃ 以上温度与热电势之间具有良好的线性关系。加热炉炉膛温度控制在 800℃ 内，因此采用 K 型热电偶温度计测温。

步骤二：接线

图 5-3 是加热炉膛温度的感温元件——热电偶；图 5-4 是加热炉膛温度的显示仪表；图 5-5 是热电偶测温系统连接的简单示意图。它主要由三部分组成：热电偶 1 是系统中的测温元件；检测仪表 3 是用来检测热电偶产生的热电势信号的；导线 2 用来连接热电偶与检测仪表，为了提高测量精度，都要采用补偿导线和冷端温度补偿。

图 5-4　炉膛温度的指示

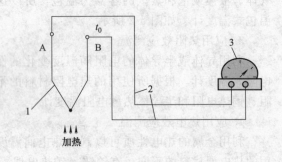

图 5-5　热电偶温度计测温原理

1—热电偶；2—补偿导线；3—显示仪表

1. 补偿导线

采用补偿导线的目的：把热电偶的冷端延伸至远离被测对象且温度又比较稳定的地方。

补偿导线的性质：

① 在 0～100℃ 范围内，具有和所连的热电偶非常接近的热电特性；

② 廉价金属。

图 5-6 表示热电偶补偿导线的结构图。图 5-7 表示用铜-铜镍作为补偿导线，来延伸镍

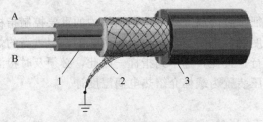

图 5-6　热电偶补偿导线的结构图

1—绝缘套管；2—屏蔽线；3—保护套管

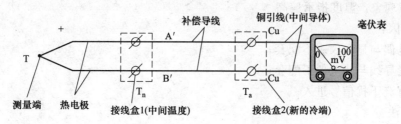

图 5-7　热电偶补偿导线的外形图

铬-镍硅热电偶冷端的接线图。

使用补偿导线时应注意：

① 补偿导线的正、负极必须与热电偶的正、负极各端对应相接；

② 正、负两极的接点温度 t_1 应保持相同，延伸后的冷端温度 t_0 应比较恒定且比较低；

③ 对于镍铬-铜镍等一类用廉价金属制成的热电偶，则可用其本身材料作补偿导线，将冷端延伸到环境温度较恒定的地方。

在常减压加热炉出口温度的检测中，补偿导线采用铜（正极）、铜镍（负极）。

2. 冷端温度补偿方法

在常减压加热炉出口温度的检测中，冷端温度补偿方法采用补偿电桥法。冷端温度补偿方法还有热电势的修正方法、校正仪表零点法和补偿热电偶法。

步骤三：热电偶故障判断及处理

热电偶常见故障及处理方法如下：

1. 故障现象：温度指示偏低

可能原因：

① 热电极短路；

② 热电偶接线柱积灰短路；

③ 补偿导线线间短路；

④ 热电偶热电极变质；

⑤ 补偿导线与热电偶极性接反；

⑥ 补偿导线与热电偶不配套；

⑦ 热电偶安装位置或插入深度不当；

⑧ 冷端补偿不符合要求；

⑨ 热电偶和显示仪表不配套；

⑩ 找出短路原因，如潮湿所致，则需干燥；因绝缘子绝缘损坏，更换绝缘子。

处理方法：

① 清扫积灰；

② 找出绝缘点，加强绝缘或更换补偿导线；

③ 在长度允许的情况下减去变质部分重新焊接或更换热偶；

④ 重新接正确；

⑤ 更换补偿导线；

⑥ 重新安装；

⑦ 调整；

⑧ 使之匹配。

2. 故障现象：温度指示偏高

可能原因：

① 热电偶与显示仪表不配套；

② 补偿导线与热电偶不配套；

③ 有直流干扰信号进入。

处理方法：

① 使之匹配；

② 排除干扰。

3. 故障现象：温度数值不稳定

可能原因：

① 热电偶接线柱与热电极接触不良；

② 热电偶测量线路绝缘损坏，引起断续短路或接地；

③ 热电偶安装不牢或外部振动；

④ 热电极将断未断；

⑤ 外界干扰。

处理方法：

① 将接线柱螺丝拧紧；

② 找出故障点加强绝缘；

③ 紧固热电偶；

④ 更换热电偶；

⑤ 查出干扰源，采取屏蔽措施。

4. 故障现象：温度显示误差大

可能原因：

① 热电极变质；

② 热电偶安装位置不当；

③ 保护管表面积灰。

处理方法：

① 更换热电极；

② 改变安装位置；

③ 清除积灰。

★【知识链接一】

在热电偶测温系统中，热电偶是必不可少的测温元件，它是由两种不同材料的导体 A 和 B 焊接而成，如图 5-8 所示。焊接的一端插入被测介质中，感受到被测温度，称为热电偶的工作端（习惯上称为热端），另一端与导线连接，称为自由端（习惯上称为冷端）。导体 A、B 称为热电极，合称热电偶。

1. 热电现象及测温原理

取两根不同材料的金属导线 A 和 B，将其两端焊在一起，如图 5-9（a）所示。如将其一端加热就是使左侧测量端的温度

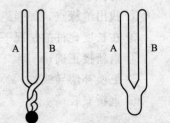

图 5-8　热电偶示意图

t 高于另一接点参考端的温度 t_0，那么在此闭合回路中就有热电势产生，如果在此回路中串接一只直流毫伏计（将金属 B 断开接入毫伏计），如图 5-9（b）、（c）所示就可见到毫伏计中有电势指示，这种现象就称为热电现象。

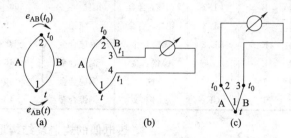

图 5-9　热电现象

在图 5-9（a）闭合回路中总的热电势 $E(t,t_0)$ 为

$$E(t,t_0)=e_{AB}(t)+e_{BA}(t_0)$$

或

$$E(t,t_0)=e_{AB}(t)-e_{AB}(t_0) \tag{5-1}$$

式（5-1）说明热电势 $E_{AB}(t,t_0)$ 等于热电偶两接点热电势的代数和。当 A、B 材料确定后，热电势是接点温度 t 和 t_0 的函数之差。只要温度 t_0 保持不变，即 $e_{AB}(t_0)$ 为常数，则热电势 $E_{AB}(t,t_0)$ 就是 t 的单值函数了。这样，只要测出热电势的大小，就能判断测温点温度的高低，这就是利用热电现象来测量温度的原理。

由式（5-1）得到结论：

① 如果组成热电偶回路的两种导体材料相同，则无论两接点温度如何，回路的总热电势为零；

② 如果热电偶两接点温度相同，尽管两导体材料不同，回路的总热电势也为零。

③ 热电极的材料不同，所产生的接触热电势亦不同，因此不同热电极材料制成的热电偶在相同温度下产生的热电势是不同的。常用的热电偶在不同温度下所产生的热电势可以从热电偶的分度表中直接查到。

必须指出：热电偶一般都是在自由端温度为 0℃ 时进行分度的，因此，若自由端温度不为 0℃ 而为 t_0 时，则热电势与温度之间的关系可用下式进行计算

$$E_{AB}(t,t_0)=E_{AB}(t,0)-E_{AB}(t_0,0) \tag{5-2}$$

式中，$E_{AB}(t,0)$ 和 $E_{AB}(t_0,0)$ 相当于该种热电偶的工作端温度分别为 t 和 t_0，而自由端温度为 0℃ 时产生的热电势，其值可从热电偶的分度表中直接查得。

2. 插入第三种导体的问题

利用热电偶测量温度时，必须要用某些仪表来测量热电势的数值，而检测仪表往往要远离测温点，这就需要将热电偶回路的自由端 t_0 断开，接入连接导线 C。这样就在 AB 所组成的热电偶回路中加入了第三种导体，而第三种导体的接入又构成了新的接点，只要保证引入导体的两端温度相同，则对原热电偶所产生的热电势数值并无影响。同理，如果回路中串入更多种导体，只要引入导体两端温度相同，也不影响热电偶所产生的热电势数值。

3. 常用热电偶的种类

表 5-1 为我国已定型生产的几种常用热电偶。

表 5-1 常用热电偶

热电偶名称	代号	分度号		热电极材料		测温范围/℃	
		新	旧	正热电极	负热电极	长期使用	短期使用
铂铑₃₀-铂铑₆	WRR	B	LL-2	铂铑30合金	铂铑6合金	300～1600	1800
铂铑₁₀-铂	WRP	S	LB-3	铂铑10合金	纯铂	−20～1300	1600
镍铬-镍硅	WRN	K	EU-2	镍铬合金	镍硅合金	−50～1000	1200
镍铬-铜镍	WRE	E		镍铬合金	铜镍合金	−40～800	900
铁-铜镍	WRF	J		铁	铜镍合金	−40～700	750
铜-铜镍	WRC	T	CK	铜	铜镍合金	−40～300	350

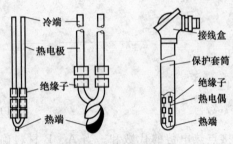

图 5-10 热电偶的结构

4. 热电偶的构造及结构形式

各种热电偶的外形常是极不相同的，但其基本结构通常均由热电极、绝缘套管、保护套管和接线盒等主要部分构成，如图 5-10 所示。

(1) 热电极 感受温度的变化。

(2) 绝缘子 用于防止两根热电极短路。

(3) 保护套管 为使热电极免受化学侵蚀和机械损伤，确保使用寿命和测温的准确性，通常将热电极（包括绝缘子）再以保护套管保护之。

(4) 接线盒 热电偶接线盒系供连接热电偶和显示仪表用。

【知识链接二】

1. 补偿电桥法

补偿电桥法是利用不平衡电桥产生的不平衡电压来补偿热电偶因冷端温度变化而引起的热电势变化值，如图 5-11 所示。不平衡电桥（又称冷端温度补偿器）由电阻 R_1、R_2、R_3（锰铜丝绕制）和 R_t（铜丝绕制）等四个桥臂和稳压电源所组成，串联在热电偶测温回路中。热电偶的冷端与电阻 R_t 放在一起，感受相同的温度。电桥通常取在 20℃ 时处于平衡，即 $R_1 = R_2 = R_3 = R_{t20℃}$，此时，对角线 a、b 两点电位相等，即 $U_{ab} = 0$，电桥对仪表读数

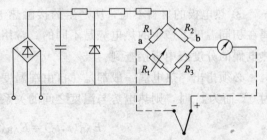

图 5-11 具有补偿电桥的热电偶测温线路

无影响。当周围环境温度高于 20℃ 时，热电偶因冷端温度升高而使热电势减弱。而与此同时，电桥中 R_1、R_2、R_3 的电阻值不随温度而变，铜电阻 R_t 却随温度增加而增加，于是电桥不再平衡，a 点电位高于 b 点电位，在对角线 a、b 间输出一个不平衡电压 U_{ab}，并与热电偶的热电势相叠加，一起送入测量仪表。如适当选择桥臂电阻和电流的数值，可以使电桥产生的不平衡电压 U_{ab} 恰好补偿由于冷端温度变化而引起的热电势变化值，仪表即可指示出正确的温度。

2. 常用热电偶的补偿导线

常用热电偶的补偿导线如表 5-2 所示。

表 5-2　常用热电偶的补偿导线

热电偶名称	补偿导线		工作端为100℃ 冷端为0℃时的标准热电势/mV
	正极	负极	
铂铑₁₀-铂	铜	镍铜	0.64±0.03
镍铬-镍硅	铜	铜镍	4.10±0.15
镍铬-铜镍	镍铬	铜镍	6.95±0.30

子情境二　加热炉出口温度的检测

【任务分析】

　　加热炉出口温度是指被加热物质流出加热炉时温度，温度高低取决于后续工艺要求和被加热介质性质，出口温度稳定与否直接影响后续工艺，是加热炉的重要控制参数。所以，应该及时对加热炉出口温度的检测及温度检测仪表的日常维护。

　　本学习情境以常减压装置为载体介绍热电偶温度计。

【任务实施】

　　步骤一：选表（认识现场测量仪表）

　　热电偶温度计一般适用于测量500℃以上的温度。对于500℃以下的中、低温，利用热电偶进行测量，有时就不一定适合。这是由于在中、低温区，热电偶输出的热电势很小。另外，在较低的温度范围，由于冷端温度变化和环境温度变化所引起的相对误差就显得很突出，且不易得到全补偿。所以，在中、低温区，一般是使用另一种温度计——热电阻温度计来进行温度检测，加热炉出口温度在360～420℃范围内，因此采用铂热电阻温度计进行测温。

　　步骤二：连线（连接一次表和二次表）

　　图 5-12 和图 5-13 分别是热电阻和二次表的示意图。为了减小线路电阻带来的测量误差，热电阻应采用三线制连接，连接线路如图 5-14 所示。

图 5-12　热电阻在现场的安装位置

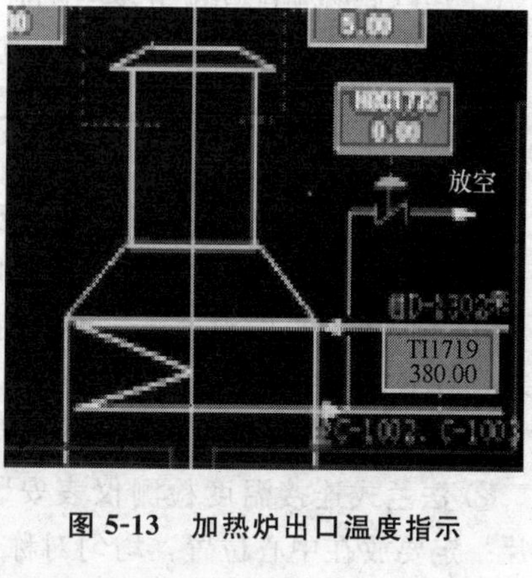

图 5-13　加热炉出口温度指示

　　步骤三：安装及维护

　　1. 温度检测仪表安装

　　温度检测仪表在工艺管道上的安装方式一般采用螺纹连接方式；对于在工艺设备、衬里

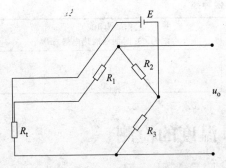

图 5-14　热电阻三线制连接

管道、有色金属或非金属管道上安装，或被测介质为强腐蚀性、易燃、易爆、有剧毒时，应选用法兰连接方式，或采用螺纹-法兰连接方式。

（1）温度检测仪表安装位置

温度检测仪表的安装应按设计或制造厂家的规定进行，若无规定，应尽量选择在被测介质温度变化灵敏、具有代表性、便于维修而且不影响设备运行及生产操作的地方，不宜选在阀门、节流部件等阻力件的附近或介质流速成死角的地方，以及振动较大的地方。

（2）温度检测原件安装方向

在测量管道温度时，应保证温度检测原件与流体充分接触，以减小测量误差。因此，温度检测原件应与被测介质形成逆流，至少与被测介质形成正交（成90°），且勿与被测介质形成顺流，且应与管道轴线相交。

（3）温度检测仪表插入深度

在实际的测温过程中，如果热电偶的插入深度不够，将会受到与保护管接触的侧壁或周围环境温度的影响而引起测量误差。对于测量管道中心流体温度的温度检测仪表，一般都将温度测量端插入到管道中心处。

为保证对炉膛温度的准确测量，热电偶测量元件应安装在烟气流动，火焰扑不到的地方，为避免水平安装热电偶变形，插入炉膛内最大悬臂长度不大于600mm，选用耐热、耐酸、抗腐蚀材质。

（4）温度检测仪表安装注意事项

经过检定的热电偶，如果安装的不符合要求，往往会使测量不准，影响生产，严重的可以导致爆炸的危险。

① 温度检测仪表与显示仪表配套使用。热电偶、热电阻要配相应的二次仪表或变送器，特别要注意分度号。

② 热电偶必须配相应分度号的补偿导线，热电阻应用三线制接法。

③ 温度检测仪表安装在负压管道（设备）时，应防止冷空气漏入，确保其密封性。

④ 温度检测仪表的接线盒出线孔应向下，以防止水气、灰尘、脏物进入接线盒而影响正常测量。

⑤ 用热电偶检测炉膛温度时，应避免热电偶和火焰直接接触，也不应把热电偶装于炉门旁，接线盒不应碰到炉壁，以免热电偶与补偿导线连接处温度超过100℃。

⑥ 在同一地点的温度测孔中，用于自动控制的测孔在前面；测量、保护与自动控制用仪表一般不合用一个测孔。

⑦ 若工艺管道过小（直径小于80mm），安装温度检测仪表处应接扩大管。

⑧ 法兰式连接温度检测仪表安装时，垫片、螺栓、螺母的规格要选择正确。安装时，垫片一定要放在中心位置，均匀对称地紧固连接螺栓。

2. 温度检测仪表维护

① 检查温度检测仪表与管道或设备连接处是否渗漏。

② 检查温度检测仪表接线盒盖是否严密。

③ 检查温度检测仪表接线端子是否松动。

④ 检查温度检测仪表现场挠性管与接线盒连接是否紧固，保护管上附件（盒盖、螺丝、卡子）是否齐全。

⑤ 检查温度检测仪表安装部位保温是否完好。

步骤四：故障判断及处理

热电阻常见故障及处理方法如下：

1. 故障现象：温度显示偏高

可能原因：

① 接线端子松动。

② 线路似断非断。

处理方法：

① 紧固螺丝。

② 找出故障点接线或重新铺设电缆。

2. 故障现象：温度显示偏低或示值不稳

可能原因：接线柱进尘土或水短路。

处理方法：清除灰尘或积水

3. 故障现象：温度显示负值

可能原因：接线错误

处理方法：重新接线

4. 故障现象：阻值与温度关系变化

可能原因：热电阻变质

处理方法：更换热电阻

★【知识链接一】

一、热电阻的结构

如图 5-15 所示。

① 电阻体：用来感受温度的变化；

② 绝缘子：防止电阻体短路；

③ 保护套管：防止电阻体受机械磨损和化学侵蚀；

④ 接线盒：用来连接电阻体和导线；

⑤ 引出线密封套管：与其他保护管连接用来保护信号线；

⑥ 紧固螺栓：用于将热电阻固定。

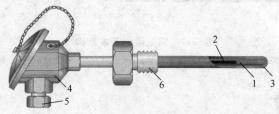

图 5-15　热电阻的基本结构

1—电阻体；2—绝缘子；3—保护套管；4—接线盒；5—引出线密封套管；6—紧固螺栓

二、热电阻的测温原理

热电阻是电阻温度计的测温元件，这是一种金属体。电阻温度计就是利用热电阻的电阻值随温度变化而改变的特性来进行温度测量的。

金属导体的电阻值是随温度的变化而变化的。对于线性变化的热电阻来说，它们之间的关系为

$$R_t = R_0[1 + \alpha(t - t_0)] \tag{5-3}$$

或

$$\Delta R_t = \alpha R_0 \Delta t \tag{5-4}$$

式中　R_t——温度为 t℃时的电阻值；

　　　R_0——温度为 t_0（通常为 0℃）时的电阻值；

　　　α——电阻温度系数；

　　　Δt——温度的变化量；

　　　ΔR_t——温度改变 Δt 时的电阻变化量。

热电阻温度计的输出信号大，测量准确，适用于测量－200～500℃范围内液体、气体、蒸汽及固体表面的温度。

三、常用热电阻

工业上定型生产的常用热电阻有铂电阻和铜电阻。

1. 铂电阻

金属铂容易提纯，在氧化性介质中具有很高的物理化学稳定性，有良好的复制性。但是铂的价格较贵，在还原性介质中，特别是在高温下很容易被弄脏，以致铂丝变脆，并改变了它的电阻与温度间的关系。铂电阻的基本构造如图 5-16 所示。

图 5-16　铂电阻的构造

1—铆钉；2—铂电阻丝；3—银质引脚

2. 铜电阻

铜容易加工提纯，价格便宜；它的电阻温度系数很大，且电阻与温度呈线性关系；测温范围－50～150℃，具有很好的稳定性。其缺点是温度超过 150℃后易被氧化，氧化后失去良好的线性特性；另外，由于铜的电阻率小，为了要绕得一定的电阻值，铜电阻丝必须较细，长度也要较长，故铜电阻体积较大，机械强度较低。铜电阻的基本结构如图 5-17 所示。

图 5-17　铜电阻的基本结构

1—线圈骨架；2—保护层；3—铜电阻丝；4—扎线；5—补偿绕组；6—铜质引脚

★【知识链接二】

一、故障处理风险分析

处理在线温度检测仪表故障时，先与生产人员联系，开具检修作业票，识别检修作业风

险，并做好防范措施。在处理故障时，应为两人以上，并有生产人员监护。

①　如果温度检测仪表属于控制回路，为了避免生产波动，在处理故障时，控制回路应打开并加以确认。

②　如果温度检测仪表参与联锁控制，在处理故障时，应暂时切除联锁，并办理相应许可票据，否则有可能造成联锁停车事故。

③　在作业过程中，温度检测回路应在控制室内断电，避免在作业过程中短路或接地。

④　作业人员应佩戴相应防护用具。如处理有毒介质表故障时，应佩戴空气呼吸器，并熟知作业时风向和逃生路线。处理酸碱介质仪表故障时，应佩戴防护眼镜及防酸碱手套。

⑤　熟悉作业场所周围环境，尽量避免交叉作业，不可避免的，设专人监护。

⑥　在冬季应做好防滑和防冰锥砸伤措施。

⑦　在高处作业应戴好安全带。

二、检修内容

温度检测仪表保护管在介质的冲刷下，时间久了，可能渗漏，也有可能造成裂纹。而套管一漏，介质可能渗出，严重时可能造成火灾。

保护管一般在4～5年检查一次，对于安装在腐蚀及磨损严重部位的保护套管，停工期间均应检查。用于2.5MPa以下的保护管应能承受1.5倍的工作压力而无渗漏，用于高压的热电偶保护套管使用前应探伤。

对于温度检测仪表应定期检查其特性，检定周期一般为3～5年，特殊场合应按实际需要检查。

对于保护管及温度检测特性不合格的，应进行更换。

在大修期间，应对比较重要的法兰连接式热电偶、热电阻垫片进行更换。

在大修后期，应对温度检测系统进行联校。

【训练项目】

一、根据加热炉炉膛温度的检测要求，请读者选择合适的测温元件并画出温度检测系统图

加热炉炉膛温度控制在800℃内，因此采用K型热电偶温度计测温。温度检测系统图如图5-5所示。

二、当热电偶测温回路出现以下故障时，详细说明检查方法

①　热电势比实际值小；

②　热电势比实际值大；

③　热电势输出不稳定。

故障现象	可能原因	处理方法
热电势比实际值小（显示仪表指示值偏低）	热电极短路	找出短路原因,如因潮湿所致,则需进行干燥;如因绝缘子损坏所致,则需更换绝缘子
	热电偶的接线柱处积灰,造成短路	清扫积灰
	补偿导线间短路	找出短路点,加强绝缘或更换补偿导线
	补偿导线与热电偶极性接反	重新接正确
	补偿导线与热电偶不配套	更换相配套的补偿导线
	热电偶冷端温度补偿不符合要求	调整冷端补偿器

续表

故 障 现 象	可 能 原 因	处 理 方 法
热电势比实际值大(显示仪表指示值偏高)	热电偶与显示仪表不配套	更抽热电偶或显示仪表使之相配套
	补偿导线与热电偶不配套	更换补偿导线使之相配套
	有直流干扰信号进入	排除直流干扰
热电势输出不稳定	热电偶接线柱与热电极接触不良	将接线柱螺丝拧紧
	热电偶测量线路绝缘破损,引起断续短路或接地	找出故障点,修复绝缘
	热电极将断未断	修复或更换热电偶
	外界干扰(交流漏电,电磁场感应等)	查出干扰源,采用屏蔽措施

【考核】

现　　象	分值	考 核 要 点	得分
选择测温元件	5	选择测温元件是否正确	
画出测温系统图	5	是否了解生产实际	
	5	测温系统图是否正确	
热电势比实际值小	10	热电极或者补偿导线短路	
	5	补偿导线与热电偶极性接反	
	10	补偿导线与热电偶不配套	
	5	热电偶冷端温度补偿不符合要求	
热电势比实际值大	10	热电偶与显示仪表不配套	
	10	补偿导线与热电偶不配套	
	5	有直流干扰信号进入	
热电势输出不稳定	10	热电偶测量线路绝缘破损	
	10	热电极接线柱与热电极接触不良或将断未断	
	10	外界干扰	

自动控制系统与控制阀门的构成

① 掌握调节阀选择及调节阀附件；
② 掌握调节阀安装、故障判断及处理；
③ 掌握控制回路系统组成、投运、控制器参数整定；
④ 了解在线执行机构故障处理风险分析；
⑤ 掌握执行机构大修内容。

👉【导论】

一、自动控制系统的组成

自动化装置主要包括三部分。

1. 测量元件与变送器

以 LT 表示液位变送器（有时以⊗表示）。它的作用是测量液位，并将液位的高低转化为一种特定的信号（如标准电流信号、标准气压信号、电压等）。

2. 自动控制器

图中以 LC 表示液位控制器。它接受变送器送来的信号，与工艺要求的液位高度相比较，得出偏差，并按某种运算规律算出结果，然后将此结果，用特定信号（电流或气压）发送出去。

3. 执行器

通常指控制阀，它和普通阀门的功能一样，只不过它自动地根据控制器送来的信号值改变阀门的开启度。

在自动控制系统中，将需要控制其工艺参数的生产设备、机器、一段管道或设备的一部分叫做被控对象，简称对象。

二、自动控制系统的方块图

1. 自动控制系统方块图

图 6-1 是一个简单的自动控制系统的方块图。

被控对象中需要加以控制（一般是需要恒定）的变量，称为被控变量，图中用 y 来表示。在方块图中，被控变量 y 就是对象的输出变量。引起被控变量波动的外来因素，在自动控制系统中称为干扰作用，用 f 表示。

工艺上希望被控变量保持的数值叫给定值；测量值与给定值之差叫偏差，即 $e(e = x - z)$，控制阀输出 q 的变化称为控制作用。具体实现控制作用的参数叫做操纵变量，用来实现控制作用的物料一般称为调节介质或调节剂。

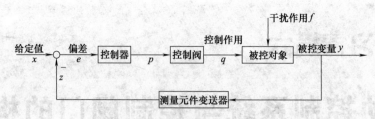

图 6-1　简单控制系统的方块图

所谓自动控制系统的方块图，就是从信号流的角度出发，将组成自动控制系统的各个环节用信号线相互连接起来的一种图形。在已定的系统构成内，对于每个环节来说，信号的作用都是有方向性的，不可逆置，在方块图中，信号的方向由连接方块之间的信号线箭头来表示。

2. 反馈

把输出返送回输入端的做法叫反馈。反馈为负值叫负反馈，反之为正反馈。

3. 自动控制系统的分类

（1）定值控制系统　所谓"定值"，就是要求工艺参数的给定值不变。

（2）随动控制系统（也称自动跟踪系统）　这类自动控制系统的特点是给定值不断地变化。而且，这种变化不是预先规定的，也就是说给定值是随机变化的。

（3）程序控制系统（又称顺序控制系统）　这类自动控制系统的给定值也是变化的，但它是一个已知的时间函数，即生产技术指标需按一定的时间程序变化。

三、过渡过程和品质指标

1. 控制系统的静态、动态与过渡过程

在定值控制系统中，将被控变量不随时间而变化的平衡状态称为系统的静态（稳态），而把被控变量随时间而变化的不平衡状态称为系统的动态。

当自动控制系统在动态过程中，被控变量是不断变化的，它随时间而变化的过程称为自动控制系统的过渡过程。

2. 过渡过程的基本形式

自动控制系统在干扰作用下的过渡过程有如图 6-2 所示的几种基本形式。

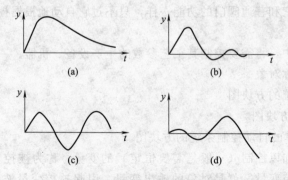

图 6-2　过渡过程基本形式

四种过渡过程的基本形式可以归纳为三类。

① 过渡过程（d）形式是发散的，称为不稳定的过渡过程。

② 过渡过程（a）和过渡过程（b）都是衰减的，称为稳定的过渡过程。

③ 过渡过程（c）介于不稳定和稳定之间，一般也认为是不稳定的过渡过程。

3. 控制系统的控制指标

控制指标主要有两类，一类是时间域的单项指标，另一类是时间域的综合指标。下面对时间域单项指标加以说明。

对于图 6-3 所示的衰减振荡形式的过渡过程，采用下列几个品质指标。

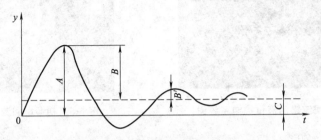

图 6-3　过渡过程品质指标示意图

（1）最大偏差或超调量　最大偏差是指在过渡过程中，被控变量偏离给定值的最大数值。在衰减振荡过程中，最大偏差就是第一个波的峰值，在图 6-3 中以 A 表示。

有时也可以用超调量来表征被控变量偏离给定值的程度。在图 6-3 超调量以 B 表示。从图中可以看出，超调量 B 是第一个波峰值 A 与新稳定值 C 之差，即 $B = A - C$。

（2）衰减比　表示衰减程度的指标是衰减比，它是前后两个相邻峰值的比。在图 6-3 中衰减比是 $B : B'$，习惯上表示为 $n : 1$。一般 n 取 $4 \sim 10$ 之间为宜。

（3）余差　当过渡过程结束时，被控变量所达到的新的稳态值与给定值之间的偏差，叫做余差。在图 6-3 中以 C 表示。

（4）过渡时间　从干扰作用发生的时刻起，到系统重新建立新的平衡时止，过渡过程所经历的时间，叫做过渡时间或控制时间。

（5）振荡周期或频率　过渡过程的同方向两个波峰（或波谷）之间的间隔时间，叫做振荡周期或工作周期，其倒数称为振荡频率。

子情境一　初馏塔回流罐的液位控制

【任务分析】

界位是指初馏塔回流罐的油水分界面。界位如果过高，会造成回流带水，塔顶压力升高，顶温降低，影响产品质量。界位如果过低，会造成脱水带油，污染环境。因此回流罐的油水分界面必须严格控制。从回流罐的油水分界面液位控制示意图可以看到采用的是单回路控制系统，即简单控制系统。

【任务实施】

步骤一：初馏塔回流罐的界位控制示意图如图 6-4 所示，现场控制见图 6-5。

被控对象：初馏塔回流罐；

被控变量：初馏塔回流罐的界位；

操纵变量：流过控制阀的汽油流量；

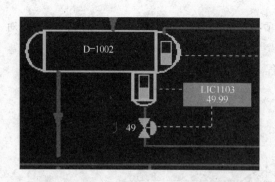

图 6-4　初馏塔回流罐的液位控制系统图

图 6-5　初馏塔回流罐的液位控制阀

给定值：30%～70%；

调节剂：流过控制阀的汽油。

步骤二：控制器控制规律、阀门的选择及控制器参数整定

1. 控制规律的选择

工业上常用的控制器主要有三种控制规律：比例控制规律、比例积分控制规律和比例积分微分控制规律，分别简写为 P、PI 和 PID。

选择哪种控制规律主要是根据控制器的特性和工艺要求来决定。

初馏塔回流罐的界位控制采用的是 PID 控制。

2. 控制器参数整定

工程整定的方法共有三种方法，即临界比例度法、衰减曲线法和经验凑试法。

电脱盐罐的界位控制参数整定采用经验凑试法。

比例度：$p_\delta = 30$

积分时间：$T_i = 3000s$

微分时间：$T_D = 0$

3. 控制阀的选择

在具体选用时，一般应考虑下列几个主要方面的问题。

（1）控制阀的尺寸选择

$$C = Q\sqrt{\frac{\rho}{\Delta p}}$$

C 称为控制阀的流量系数，由上式可知，当生产工艺中需要的流量 q_V 和压差 Δp 以及流体的密度决定后，就可确定阀门的流量系数 C，再从流量系数 C 就可选择阀门的尺寸。

（2）控制阀结构与特性的选择　控制阀的结构形式主要根据工艺条件，如温度、压力及介质的物理、化学特性（如腐蚀性、黏度等）来选择。

控制阀的结构型式确定以后，还需确定控制阀的流量特性（即阀芯的形状）。一般是先按控制系统的特点来选择阀的希望流量特性，然后再考虑工艺配管情况来选择相应的理想流量特性。使控制阀安装在具体的管道系统中，畸变后的工作流量特性能满足控制系统对它的要求。

初馏塔回流罐的液位控制采用的是等百分比流量特性。

（3）气开式与气关式的选择　气动执行器有气开式与气关式两种型式。气压信号增加时，阀关小；气压信号减小时阀开大的为气关式。反之，为气开式。气动执行器的气开或气关式由执行机构的正、反作用及控制阀的正反作用来确定。

控制阀的气开、气关型式的选择主要从工艺生产上的安全要求出发。考虑原则是：万一输入到气动执行器的气压信号由于某种原因（例如气源故障、堵塞、泄漏等）而中断时，应保证设备和操作人员的安全。如果阀处于打开位置时危害性小，则应选用气关式，以使气源系统发生故障，气源中断时，阀门能自动打开，保证安全。反之阀处于关闭时危害性小，则应选用气开阀。

初馏塔回流罐的液位控制选择使用的是气关式控制阀。

步骤三：系统投运

系统投运是生产过程实现自动化控制的最后一个环节，这个环节工作的好坏关系到生产能否安全平稳的进行，

① 详细了解工艺，对投运中可能遇到的问题应有相应的解决措施；

② 投运前全面细致地检查自控设备的安装、性能，确保安全可靠；

③ 对控制系统的设计思想、达到的指标详细掌握；

④ 检查控制器的正反作用及控制阀的气开、气关形式；

⑤ 设置或初步设置控制器的参数（P、I、D）；

⑥ 按无扰动切换原则将控制器由手动切入自动；

⑦ 对初步设置参数的控制器进行参数整定，达到要求为止。

【知识链接一】

控制器的输出随输入的变化规律，即控制器的控制规律，用数学式来表示，即为

$$p = f(e) \tag{6-1}$$

在工业自动控制系统中最基本的控制规律有位式控制、比例控制、积分控制和微分控制四种，下面将分别叙述这几种基本控制规律及其对过渡过程的影响。

一、位式控制

双位控制的动作规律是当测量值大于给定值时，控制器的输出为最大；而当测量值小于给定值时，则控制器的输出为最小（也可以是相反的，即当测量值大于给定值时，输出为最小；当测量值小于给定值时，输出为最大）。偏差 e 与输出 p 的关系为

$$p = \begin{cases} p_{max}, e > 0 \,(\text{或 } e < 0) \\ p_{min}, e < 0 \,(\text{或 } e > 0) \end{cases} \tag{6-2}$$

双位控制只有两个输出值，相应的控制机构也只有两个极限位置，不是开就是关（严格地说应该不是最大，就是最小）。

特点：阀门动作频繁，调节质量不高。

二、比例控制

阀门开度的变化量（亦即控制器输出的变化量）与被控变量的偏差信号成比例的控制规律，称为比例控制规律，一般用字母 P 表示。

1. 比例控制规律及其特点

比例控制规律可以用下述数学式来表示

$$\Delta p = K_c e \tag{6-3}$$

式中　Δp——控制器的输出变化量；

　　　e——控制器的输入，即偏差；

　　　K_c——比例控制器的放大倍数。

特点：控制及时，作用强，有差调节。

2. 比例度及其对控制过程的影响

(1) 比例度　所谓比例度就是指控制器输入的相对变化量与相应的输出的相对变化量之比的百分数。用式子可表示为

$$\delta = \dfrac{\dfrac{e}{x_{max} - x_{min}}}{\dfrac{\Delta p}{p_{max} - p_{min}}} \times 100\% \tag{6-4}$$

式中　　e——控制器的输入变化量（即偏差）；

　　　Δp——相应于偏差为 e 时的控制器输出变化量；

$x_{max} - x_{min}$——仪表的量程；

$p_{max} - p_{min}$——控制器输出的工作范围。

在单元组合仪表中，比例度 δ 和放大倍数 K_c 互为倒数关系，即

$$\delta = \dfrac{1}{K_c} \times 100\% \tag{6-5}$$

(2) 比例度对过渡过程的影响　比例度对余差的影响是：比例度越大，放大倍数 K_c 越小，由于 $\Delta p = K_c e$，要获得同样的控制作用，所需的偏差就越大，因此，在同样的负荷变化大小下，控制过程终了时的余差就越大；反之，减少比例度，余差也随之减少。

比例度对系统稳定性的影响可以从图 6-6 中看出。比例度越大，过渡过程曲线越平稳；

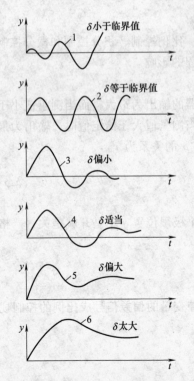

图 6-6　比例度对过渡过程的影响

比例度越小，则过渡过程曲线越振荡；比例度过小时，就可能出现发散振荡的情况。比例控制规律比较简单，控制比较及时，一旦有偏差出现，马上就有相应的控制作用。所以比例控制规律是一种最基本的控制规律，适合于干扰较小、对象的滞后较小而时间常数并不太小、控制精度要求不高的场合。

三、积分控制

比例控制的结果不能使被控变量回复到给定值而存在余差，控制精度不高，当对控制精度有更高要求时，必须在比例控制的基础上，再加上能消除余差的积分控制作用。

1. 积分控制规律及其特点

当控制器的输出变化量 Δp 与输入偏差 e 的积分成比例时，就是积分控制规律，一般用字母 I 表示。

积分控制规律的数学表示式为

$$\Delta p = K_I \int e \, dt \tag{6-6}$$

式中　K_I——称为积分速度。

对式 (6-6) 微分，可得

$$\frac{\mathrm{d}\Delta p}{\mathrm{d}t}=K_{\mathrm{I}}e \tag{6-7}$$

积分控制规律的特点：偏差等于零。

2. 比例积分控制规律与积分时间

由上所述，比例控制规律是输出信号与输入偏差成比例，因此作用快，但有余差。而积分控制规律能消除余差，但作用较慢。比例积分控制规律是这两种控制规律的结合，因此也就吸取了两者的优点，是生产上常用的控制规律，一般用字母 PI 表示。

比例积分控制规律可用下式表示

$$\Delta p=K_{\mathrm{c}}(e+K_{\mathrm{I}}\!\!\int\!e\mathrm{d}t) \tag{6-8}$$

3. 积分时间对系统过渡过程的影响

在比例积分控制器中，比例度和积分时间都是可以调整的。

在同样的比例度下，积分时间对过渡过程的影响如图 6-7 所示。

从图 6-7 可以看出，积分时间过大或过小均不合适。积分时间过大，积分作用太弱，余差消除很慢（见曲线 3），当 $T_{\mathrm{I}}\rightarrow\infty$ 时，成为纯比例控制器，余差将得不到消除（见曲线 4）；积分时间太小，过渡过程振荡太剧烈（见曲线 1）；只有当 T_{I} 适当时，过渡过程能较快地衰减而且没有余差（见曲线 2）。

四、微分控制

1. 微分控制规律及其特点

控制器的输出与偏差的变化速度成正比，就是微分控制规律，一般用字母"D"表示。

其输出 Δp 与偏差 e 的关系可用下式表示

$$\Delta p=T_{\mathrm{D}}\frac{\mathrm{d}e}{\mathrm{d}t} \tag{6-9}$$

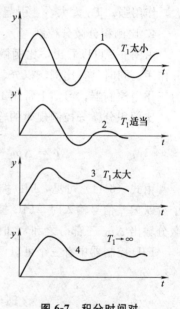

图 6-7　积分时间对过渡过程的影响

式中　T_{D}——微分时间；

$\dfrac{\mathrm{d}e}{\mathrm{d}t}$——偏差对时间的导数，即偏差信号的变化速度。

微分作用的特点：对于一个固定不变的偏差，微分作用的输出总是零。

2. 实际的微分控制规律及微分时间

实际微分控制规律是由两部分组成：比例作用与近似微分作用，其比例度是固定不变的，δ 恒等于 100%，所以可以这样认为：实际的微分控制器是一个比例度为 100% 的比例微分控制器。

可用下式表示

$$\Delta p=\Delta p_{\mathrm{P}}+\Delta p_{\mathrm{D}}=A+A(K_{\mathrm{D}}-1)\mathrm{e}^{\frac{K_{\mathrm{D}}}{T_{\mathrm{D}}}t} \tag{6-10}$$

式中　K_{D}——微分放大倍数；

T_{D}——微分时间；

$\mathrm{e}^{\frac{K_{\mathrm{D}}}{T_{\mathrm{D}}}t}$——代表指数衰减函数，$\mathrm{e}=2.718$。

所以，微分控制器在阶跃信号的作用下，输出 Δp 一开始就立即升高到输入幅值 A 的 K_D 倍，然后再逐渐下降，到最后就只有比例作用 A 了。

3. 比例微分控制系统的过渡过程

在一定的比例度下，微分时间 T_D 的改变对过渡过程的影响见图 6-8。

由于微分作用是根据偏差的变化速度来控制的，在扰动作用的瞬间，尽管开始偏差很小，但如果它的变化速度较快，则微分控制器就有较大的输出，它的作用较之比例作用还要及时，还要大。对于一些滞后较大、负荷变化较快的对象，当较大的干扰施加以后，由于对象的惯性，偏差在开始一段时间内都是比较小的，如果仅采用比例控制作用，则偏差小，控制作用也小，这样一来，控制作用就不能及时加大来克服已经加入的干扰作用的影响。但是，如果加入微分作用，它就可以在偏差尽管不大，但偏差开始剧烈变化的时刻，立即产生一个较大的控制作用，及时抑制偏差的继续增长。所以，微分作用具有一种抓住"苗头"预先控制的性质，这种性质是一种"超前"性质。因此微分控制有人称它为"超前控制"。T_D 大，作用强。T_D 太大，会引起振荡。

4. 比例积分微分控制

由图 6-8 可以看出，比例微分控制过程是存在余差的。为了消除余差，生产上常引入积分作用。同时具有比例、积分、微分三种控制作用的控制器称为比例积分微分控制器，简称为三作用控制器，习惯上常用 PID 表示。

比例积分微分控制规律的输入输出关系可用下式表示

$$\Delta p = \Delta p_P + \Delta p_I + \Delta p_D = K_C \left(e + \frac{1}{T_I} \int e \, dt + T_D \frac{de}{dt} \right) \tag{6-11}$$

由式（6-11）可见，PID 控制作用就是比例、积分、微分三种控制作用的叠加。当有一个阶跃偏差信号输入时，PID 控制器的输出信号 Δp 就等于比例输出 Δp_P、积分输出 Δp_I 与微分输出 Δp_D 三部分之和，如图 6-9 所示（注意图中 Δp_D 是近似微分输出）。

PID 控制器中有三个可以调整的参数，就是比例度 δ、积分时间 T_I 和微分时间 T_D。

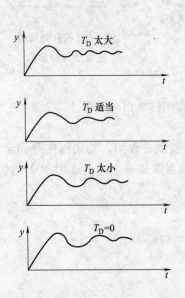

图 6-8　微分时间对过渡过程的影响

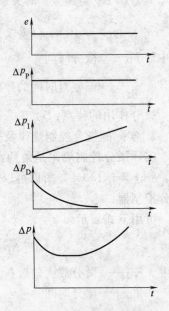

图 6-9　PID 控制器输出特性

【知识链接二】

一、气动执行器

1. 气动执行器的组成分类

（1）组成　气动执行器一般是由气动执行机构和控制阀两部分组成，根据需要还可以配上阀门定位器和手轮机构等附件。

如图 6-10 所示的气动薄膜控制阀就是一种典型的气动执行器。气动执行机构接受控制器（或转换器）的输出气压信号（0.02～0.1MPa），按一定的规律转换成推力，去推动控制阀。控制阀为执行器的调节机构部分，它与被调节介质直接接触，在气动执行机构的推动下，使阀门产生一定的位移，用改变阀芯与阀座间的流通面积，来控制被调介质的流量。

（2）气动执行机构的分类　气动执行机构主要有薄膜式与活塞式两种。其次还有长行程执行机构与滚筒膜片执行机构等。

薄膜式执行机构具有结构简单、动作可靠、维修方便、价格便宜等特点，通常接受 0.02～0.1MPa 的压力信号，是一种用得较多的气动执行机构。其工作原理如图 6-11 所示。当压力信号引入薄膜气室后，在波纹膜片 2 上产生推力，使推杆 5 产生位移，直至弹簧 6 被压缩的反作用力与信号压力在膜片上产生的推力相平衡为止。推杆的位移就是气动薄膜执行机构的行程。

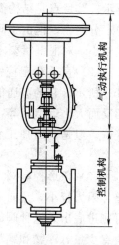

图 6-10　气动薄膜控制阀外形图

产品分为正作用式与反作用式两类。当信号压力增大时，推杆 5 向下移动的叫正作用执行机构，如图 6-11 所示。当信号压力增大时，推杆向上移动的叫反作用执行机构，如图 6-12 所示。正作用执行机构的信号压力是通入波纹膜片上方的薄膜气室；而反作用执行机构的信号压力是通入波纹膜片下方的薄膜气室。通过更换个别零件，两者便能互相改装。

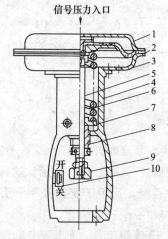

图 6-11　正作用式气动薄膜执行机构

1—上膜盖；2—波纹膜片；3—下膜盖；

4—支架；5—推杆；6—弹簧；7—弹簧

座；8—调节件；9—螺母；10—行程标尺

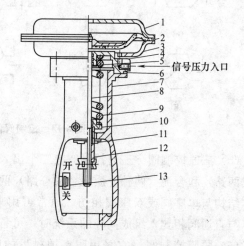

图 6-12　反作用式气动薄膜执行机构

1—上膜盖；2—波纹膜片；3—下膜盖；4—密封膜片；

5—密封环；6—填块；7—支架；8—推杆；9—弹簧；

10—弹簧座；11—衬套；12—调节件；13—行程标尺

2. 控制阀的分类

控制阀是按信号压力的大小，通过改变阀芯行程来改变阀的阻力系数，以达到调节流量的目的。

根据不同的使用要求，控制阀的结构有很多种类，如直通单座、直通双座、角形、高压阀、隔膜阀、阀体分离阀、蝶阀、球阀、凸轮挠曲阀、笼式阀、三通阀、小流量阀与超高压阀等。

（1）直通单座控制阀　直通单座控制阀的阀体内只有一个阀座和阀芯，如图 6-13（a）所示。其特点是结构简单、价格便宜、全关时泄漏量少。它的泄漏量为 0.01%，是双座阀的十分之一。但由于阀座前后存在压力差，对阀芯产生不平衡力较大。一般适用于阀两端压差较小，对泄漏量要求比较严格，管径不大（公称直径 $DN < 25mm$）的场合。

（2）直通双座控制阀　直通双座控制阀的阀体内有两个阀座和两个阀芯，如图 6-13（b）所示。它的流通能力比同口径的单座阀大。由于流体作用在上、下阀芯上的推力方向相反而大小近似相等，因此介质对阀芯造成的不平衡力小，允许使用的压差较大，应用比较普遍。但是，因加工精度的限制，上下两个阀芯不易保证同时关闭，所以关阀时泄漏量较大。

（3）角形控制阀　角形控制阀的两个接管呈直角形，如图 6-13（c）所示。它的流路简单，阻力较小。流向一般是底进侧出，但在高压差的情况下，为减少流体对阀芯的损伤，也可侧进底出。这种阀的阀体内不易积存污物，不易堵塞，适用于测量高黏度介质、高压差和含有少量悬浮物和颗粒状物质的流量。

（4）高压控制阀　高压控制阀的结构形式大多为角形，阀芯头部掺铬或镶以硬质合金，以适应高压差下的冲刷和汽蚀。为了减少高压差对阀的汽蚀，有时采用几级阀芯，把高差压分开，各级都承担一部分以减少损失。

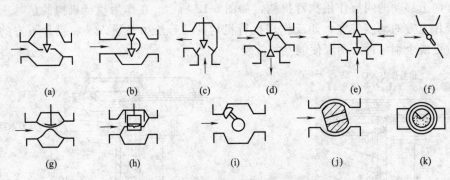

图 6-13　控制阀体主要类型示意图

（5）三通控制阀　三通控制阀有三个出入口与管道连接。其流通方式有分流（一种介质分成两路）和合流（两种介质混合成一路）两种。分别如图 6-13（d）、（e）所示。这种产品基本结构与单座阀或双座阀相仿。通常可用来代替两个直通阀，适用于配比控制和旁路控制。与直通阀相比，组成同样的系统时，可省掉一个二通阀和一个三通接管。

（6）隔膜控制阀　它采用耐腐蚀衬里的阀体和隔膜，代替阀组件，如图 6-13（g）所示。当阀杆移动时，带动隔膜上下动作，从而改变它与阀体堰面间的流通面积。这种控制阀结构简单、流阻小、流通能力比同口径的其他种类的大。由于流动介质用隔膜与外界隔离，故无填料密封，介质不会外漏。这种阀耐腐蚀性强，适用于强酸、强碱、强腐蚀性介质的控制，也能用于高黏度及悬浮颗粒状介质的控制。

（7）蝶阀　又名翻板（挡板）阀，如图6-13（f）所示。它是通过杠杆带动挡板轴使挡板偏转，改变流通面积，达到改变流量的目的。蝶阀具有结构简单、重量轻、价格便宜、流阻极小的优点，但泄漏量大。适用于大口径、大流量、低压差的场合，也可以用于浓浊浆状或悬浮颗粒状介质的控制。

（8）球阀　球阀的节流元件是带圆孔的球形体，如图6-13（j）所示。转动球体可起到控制和切断的作用，常用于双位式控制。

球阀的结构除上述外，还有一种是V形缺口球形体，如图6-13（k）所示。转动球心使V形缺口起节流和剪切的作用，其特性近似于等百分比型。适用于纤维、纸浆、含有颗粒等介质的控制。

（9）凸轮挠曲阀　又名偏心旋转阀，如图6-13（i）所示。它的阀芯呈扇形球面状，与挠曲臂及轴套一起铸成，固定在转动轴上。凸轮挠曲阀的挠曲臂在压力作用下能产生挠曲变形，使阀芯球面与阀座密封圈紧密接触，密封性良好。同时，它的重量轻、体积小、安装方便。适用于既要求控制，又要求密封的场合。

（10）笼式阀　又名套筒型控制阀，它的阀体与一般直通单座阀相似，如图6-13（h）所示。笼式阀的阀体内有一个圆柱形套筒，也叫笼子。套筒壁上开有一个或几个不同形状的孔（窗口），利用套筒导向，阀芯可在套筒中上下移动，由于这种移动改变了笼子的节流孔面积，就形成各种特性并实现流量控制。笼式阀的可调比大、振动小、不平衡力小、结构简单、套筒互换性好，部件所受的汽蚀也小，更换不同的套筒即可得到不同的流量特性，是一种性能优良的阀。可适用于直通阀、双座阀所应用的全部场合，特别适用于降低噪声及差压较大的场合。但要求流体洁净，不含固体颗粒。

二、控制阀的流量特性

控制阀的流量特性是指被调介质流过阀门的相对流量与阀门的相对开度（相对位移）之间的关系。

$$\frac{q_V}{q_{V\max}} = f\left(\frac{l}{L}\right) \tag{6-12}$$

式中　$\dfrac{q_V}{q_{V\max}}$——相对流量，即控制阀某一开度流量与全开时流量之比；

$\dfrac{l}{L}$——相对开度，即控制阀某一开度行程与全开时行程之比。

流量特性又有理想特性与工作特性之分。

1. 理想流量特性

在控制阀前后压差保持不变时得到的流量特性称为理想流量特性。

典型的理想流量特性有直线、等百分比（对数）、快开和抛物线型，其特性曲线如图6-14所示。

（1）直线流量特性　直线流量特性是指控制阀的相对流量与相对开度成直线关系，即单位位移变化所引起的流量变化是常数，用数学式表示为

$$\frac{\mathrm{d}\left(\dfrac{q_V}{q_{V\max}}\right)}{\mathrm{d}\left(\dfrac{l}{L}\right)} = K \tag{6-13}$$

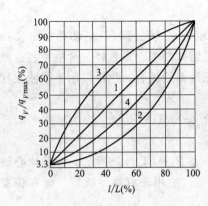

图 6-14　控制阀的理想流量特性

（$R=30$）

1—直线；2—等百分比（对数）；

3—快开；4—抛物线

式中　K——常数，即控制阀的放大系数。

将式（6-13）积分得

$$\frac{q_V}{q_{V\max}} = K\frac{l}{L} + C \tag{6-14}$$

式中　C——积分常数。

由图 6-14 可见，直线流量特性在流量小时，流量变化的相对值大，在流量大时，流量变化的相对值小。也就是说，当阀门在小开度时控制作用太强；而在大开度时控制作用太弱，这是不利于控制系统的正常运行的。

（2）等百分比流量特性　等百分比流量特性是指单位相对位移变化所引起的相对流量变化与此点的相对流量成正比关系。即控制阀的放大系数是变化的，它随相对流量的增大而增大，用数学式表示为

$$\frac{d\left(\dfrac{q_V}{q_{V\max}}\right)}{d\left(\dfrac{l}{L}\right)} = K\left(\frac{q_V}{q_{V\max}}\right) \tag{6-15}$$

将上式积分得

$$\ln\left(\frac{q_V}{q_{V\max}}\right) = K\frac{l}{L} + C \tag{6-16}$$

式（6-16）表示 $\dfrac{q_V}{q_{V\max}}$ 与 $\dfrac{l}{L}$ 之间成对数关系，故也称对数流量特性。在直角坐标上是一条对数曲线，曲线斜率（即放大系数）是随行程的增大而增大的。在同样的行程变化值下，负荷小时，流量变化小，控制平稳缓和；负荷大时，流量变化大，控制灵敏有效。这样有利于控制系统工作。

（3）快开流量特性　这种流量特性在开度较小时就有较大的流量，随开度的增大，流量很快就达到最大，此后再增加开度，流量的变化甚小，故称为快开特性。快开特性控制阀适用于要求迅速启闭的切断阀或双位控制系统。

（4）抛物线流量特性　这种流量特性是 $\dfrac{q_V}{q_{V\max}}$ 与 $\dfrac{l}{L}$ 之间成抛物线关系，在直角坐标上是一条抛物线，它介于直线流量特性与等百分比流量特性之间。

2. 工作流量特性

在实际生产中，控制阀前后压差总是变化的，这时的流量特性称为工作流量特性。控制阀的工作流量特性与实际的管道系统有关。

（1）串联管道时的工作流量特性　当控制阀串联在管道系统中时，以 Δp_V 表示控制阀前后的压力损失；Δp_F 表示管道系统中除控制阀外所有其他部分（包括管道、弯头、节流孔板、其他操作阀门等）的压力损失；Δp 表示系统的总压差。如图 6-15 所示。则有

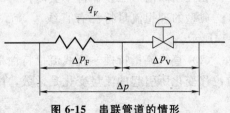

图 6-15　串联管道的情形

$$\Delta p = \Delta p_V + \Delta p_F$$

令　　　　$$S = \frac{(\Delta p_V)_n}{\Delta p} = \frac{(\Delta p_V)_n}{(\Delta p_V)_n + (\Delta p_F)_m} \tag{6-17}$$

式中　$(\Delta p_V)_n$——控制阀全开时的阀上压差；

$(\Delta p_F)_m$——控制阀全开时管道系统（控制阀除外）的总压力损失；

S——阻力比，表示控制阀全开时阀上压差与系统总压差的比值。

不同 S 值时控制阀的工作流量特性见图 6-16。图中纵坐标以 $q_{V\max}$ 为参比值。$q_{V\max}$ 表示管道阻力等于零时控制阀全开流量。

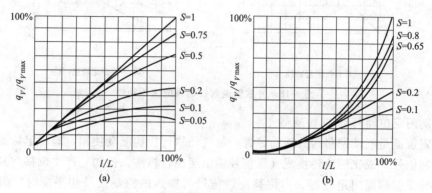

图 6-16　串联管道时控制阀的工作流量特性

对上图分析可知：在 $S=1$ 时，管道阻力损失为零，控制阀上的压差就等于系统总压差，实际工作特性和理想流量特性是一致的。随着 S 的减小，当 l/L 增加时，控制阀上的压差将越来越小，因此所能达到的流量也比理想情况下要小，流量特性发生了畸变，理想直线特性渐渐趋近于快开特性曲线见图 6-16（a）。等百分比特性曲线渐渐接近于直线特性见图 6-16（b）。

（2）并联管道时的工作流量特性　图 6-17 表示并联管道时的情况。显然这时管路的总流量是控制阀流量与旁路流量之和，即 $q_V = q_{V1} + q_{V2}$。

若以 x 代表管道并联时控制阀全开流量与总管最大流量 $q_{V\max}$ 之比，可以得到在 Δp 为一定，而 x 值为不同数值时的工作流量特性，如图 6-18 所示。

由图可见：当 $x=1$，即旁路阀关闭时，控制阀的工作流量特性同理想流量特性。随着 x 的减小，

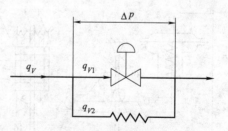

图 6-17　并联管道情况

即旁路阀逐渐打开，虽然阀本身的流量特性变化不大，但可调范围大大降低了，控制阀关死，即 $l/L=0$ 时，流量 $q_{V\min}$ 大大增大。同时，在实际使用中总存在着串联管道阻力的影响，控制阀上的压差还会随流量的增加而降低，使可调范围下降更多些，控制阀在工作过程中所能控制的流量变化范围更小，甚至几乎不起控制作用。所以，采用打开旁路的控制方式是不好的，一般认为旁路流量最多只能是总流量的百分之十几，即 x 值最小不低于 0.8。

综合上述串、并联管道的情况，可得如下结论：

① 串、并联管道都会使理想流量特性发生畸变，串联管道的影响尤为严重；

② 串、并联管道都会使控制阀可调范围降低，并联管道尤为严重；

③ 串联管道使系统总流量减少，并联管道使系统总流量增加；

④ 串、并联管道会使控制阀的放大系数减小，串联管道时控制阀大开度时影响严重，并联管道时控制阀小开度时影响严重。

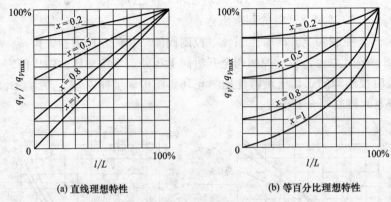

(a) 直线理想特性　　　　　(b) 等百分比理想特性

图 6-18　并联管道时控制阀的工作特性

三、阀门定位器与电-气转换器

阀门定位器是气动控制阀的辅助装置，与气动执行机构配套使用。阀门定位器将来自控制器的控制信号，成比例地转换成气压信号输出至执行机构，使阀杆产生位移，其位移量通过机械机构反馈到阀门定位器，当位移反馈信号与输入的控制信号相平衡时，阀杆停止动作，控制阀的开度与控制信号相对应。

按结构型式，阀门定位器可以分为气动阀门定位器、电-气阀门定位器和智能式阀门定位器。下面介绍常用的后两种型式。

1. 电-气阀门定位器

采用电-气阀门定位器后，可用电动控制器输出的 $0\sim10mA$ 或 $4\sim20mADC$ 电流信号去操作气动执行机构。一台电-气阀门定位器具有电-气转换器和气动阀门定位器的两个作用。

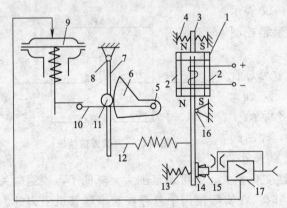

图 6-19　电-气阀门定位器

1—永久磁钢；2—导磁体；3—主杠杆（衔铁）；
4—平衡弹簧；5—反馈凸轮支点；6—反馈凸轮；
7—副杠杆；8—副杠杆支点；9—薄膜气室；
10—反馈杆；11—滚轮；12—反馈弹簧；
13—调零弹簧；14—挡板；15—喷嘴；
16—主杠杆支点；17—放大器

图 6-19 是配薄膜执行机构的电-气阀门定位器的动作原理图。实际上，只要将配薄膜执行机构的气动阀门定位器的波纹管组件换成力矩马达，便可成为电-气阀门定位器。

力矩马达组件是将电流变为力（力矩）的转换元件，它由永久磁钢 1、导磁体 2、线圈、衔铁（即主杠杆 3）和工作气隙所组成。导磁体和衔铁用高导磁性能的坡莫合金制成。永久磁钢呈 U 形，其端部 N、S 两极罩在导磁体上。当信号电流通过线圈时，由于电磁场和永久磁钢的相互作用，使主杠杆 3 受到一个向左的力，于是它绕支点 16 偏转，使挡板 14 靠近喷嘴 15，喷嘴背压经放大器 17 放大后，送入薄膜气室 9 使阀杆向下移动，并带动反馈杆 10 绕支点 5 转动，连在同一轴上的反馈凸轮 6 也作逆时针方向转动，通过滚轮 11 使副杠杆 7 绕支点 8 转动，将反馈弹簧 12 拉伸。弹簧 12 对主杠杆的拉力与力矩马达作用在主杠杆上的力两者力矩平衡时，仪表便达到平衡状态。此时，一定的信号电流就被转换为一定的气压信号，并与阀门位置成精确的对应关系。弹簧 13 是作调整零位用的、改变凸轮 6 的形状，可以改变输入电流信号与输出阀杆位移的对应关系。

2. 电-气转换器

在电-气复合控制系统中，电-气转换器可将来自电动控制器的输出信号经转换后用以驱动气动执行器，或者将来自各种电动变送器的输出信号经转换后送往气动控制器。

图 6-20 是一种型式的电-气转换器的结构原理图。该仪表是按力矩平衡原理工作的。当直流电流信号通入置于恒定磁场里的测量线圈 7 中时，线圈便产生了电磁力，使杠杆 6 绕十字簧片 4 偏转，则挡板靠近喷嘴，背压升高，经放大器 10 放大后，一方面输出，一方面反馈到负反馈波纹管 3 和正反馈波纹管 5 中，建立起与电磁力矩相平衡的反馈力矩。于是输出气压信号就与线圈输入电流成一一对应的关系，这样就把电流信号转换为 $0.02\sim0.1MPa$ 的气压信号。

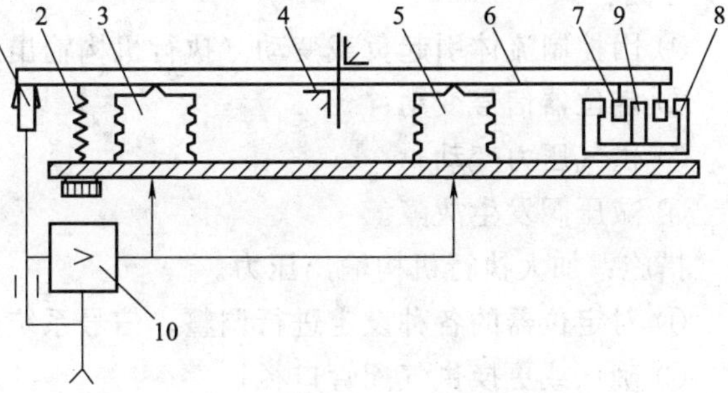

图 6-20　电-气转换器原理结构图

1—喷嘴挡板；2—调零弹簧；3—负反馈波纹管；
4—十字簧片；5—正反馈波纹管；6—杠杆；7—测
量线圈；8—磁钢；9—铁芯；10—放大器

四、调节阀故障判断及处理

调节阀处于故障状态时，维检修人员首先应该办理作业票，同时与生产人员共同确认生产条件，当具备安全检修条件（检查工艺操作人员是否切除调节阀；调节阀降温降压；工艺人员将阀体内介质放空；检查判断上下游阀是否关严）时，维检修人员按照相应规程操作。

调节阀常见故障状态及处理措施如下。

1. 调节阀没有动作或动作迟缓

原因：

① 供气压力低；

② 空气配管堵塞或泄漏；

③ 膜片紧固部分空气泄漏；

④ 推杆部分空气泄漏；

⑤ 定位器、增速器、电磁阀、液控单向阀等附件异常；

⑥ 本体部或执行机构有异常；

⑦ 操作手柄在手动操作的位置上；

⑧ 定位器的灵敏度不合适。

措施：

① 供给规定的气压；

② 清扫、连接部分、再配管；

③ 加固、拆卸、整修（更换）；

④ 拆卸、更换 O 形圈；

⑤ 不连通附件的情况下，给执行机构的气源接口施加规定的气压，若无异常则对定位器再作调整或对执行机构进行检查、更换；

⑥ 取下支架连接件，检查执行机构的动作，若有异常，则对执行机构进行拆卸、维修；

⑦ 把操作手柄放在自动位置上；

⑧ 按定位器说明书更换负载弹簧。

2. 动作不稳定（振荡）

原因：

① 因控制流体引起负载变动（执行机构输出压力不足）；

② 定位器信号变动；

③ 供气压力变动；

④ 减压阀发生故障。

措施：加大执行机构输出压力。

① 对定位器的各种设定进行调整、信号系统进行检查；

② 确认或更换供气配管口径；

③ 对减压阀进行修理、更换。

3. 阀座泄漏

原因：执行机构输出力不足、阀座受损

措施：对不平衡点进行检查、调试，对本体部件进行拆卸、维修（包括更换零件）。

4. 填料、垫片处泄漏

原因：紧固螺丝松动，阀杆受损，填料及垫片老化、硬化。

措施：拧紧螺母、更换填料及垫圈、对阀杆表面修整或更换。

五、在线执行机构故障处理风险分析

1. 受伤

拆装、搬运时砸脚；扭伤、摔伤、扎伤、撞伤。

2. 生产介质易燃易爆引发火灾、爆炸

为了防止生产介质易燃易爆引发火灾、爆炸，应做到：

① 确保法兰不泄漏；

② 用蒸汽吹扫干净；

③ 使用防爆工具；

④ 注意其他部位易燃易爆气体、液体泄漏；

⑤ 熟知逃生路线和集合地点。

3. 选用工具不当伤手或其他部位

① 拆膜片、弹簧前，应将风压泄掉。

② 正确选、用工具。

③ 佩戴好劳动防护用品。

4. 高处作业时人员坠落

为了防止高处作业时人员坠落，应做到：

① 确保高处作业戴好安全带；

② 使用梯子有专人监护；

③ 在框架平台或厂房内作业，如发现脚下作业面有孔洞应立即盖好并固定；

④ 恶劣气候禁止登高作业；

⑤ 高处作业首先清除脚下杂物。

5. 生产介质高温造成人员烫伤

为了防止生产介质高温造成人员烫伤应做到：

① 作业人员正确佩戴劳动防护用品（手套、眼镜）；

② 高温高压介质降温泄压到检修所需的温度、压力条件；

③ 调节阀处于全开位置；

④ 确认工艺介质排出。

6. 人员中毒

① 确保法兰不泄漏；

② 观察风向上风向作业；

③ 了解有毒物质的物理、化学性质和防毒知识；

④ 一般工作时使用湿毛巾、湿口罩做防护；

⑤ 工作前准备消防蒸汽防护；

⑥ 岗位员工会熟练使用空气呼吸器；

⑦ 必要时使用生产单位备用的空气呼吸器；

⑧ 熟记逃生路线和集合地点。

六、执行机构大修内容

调节阀是自控系统中的终端调节仪表。它安装在工艺管道上，调节被调介质流量，按设定要求控制工艺参数。调节阀直接接触高温、高压、深冷、强腐蚀、高黏度、易结焦结晶、有毒等工艺介质，因此最容易被腐蚀、冲蚀、老化、损坏。所以在一定的运行周期后，要进行检修或者更换。

停工检修时，在调节阀离线前，应将放空阀打开，降温降压。经生产人员确认后，方可离线检修。

检修的一般程序：打标记—清洗—解体—零部件检修—研磨—装配—调试与试验—动作检查—回路联试—开车保运。

在检修时应重点检查阀体的内壁和连接阀座的内螺纹处；阀座密封面和与阀体连接的外螺纹处；阀芯的密封面和调节曲面以及导向圆柱面；阀杆上部与密封填料接触部位；阀杆与阀芯连接不得松动。

每一次检修，不论损伤与否，必需更新的零件有密封填料、法兰垫圈、O形密封圈。经检查发现损伤而又不能保证下一周期工作的零件应予以更换，如薄膜片、弹簧。

在调节阀解体装配完成之后，应该进行动作检查：用便携式信号发生器加信号至调节阀的定位器，调节阀的阀杆动作应平稳、到位。动作检查之后应进行回路联校。

✦【知识链接三】

一、概述

所谓简单控制系统，通常是指由一个测量元件、变送器，一个控制器、一个执行器和一个被控对象所构成的一个回路的闭环系统，因此也称为单回路控制系统。

图 6-21 的液位控制系统与图 6-22 的温度控制系统都是简单控制系统的例子。图中⊗表示测量元件及变送器。控制器用 LC、LT 表示，圆内写有两位（或三、四位）字母，第一位字母表示被测变量，后继字母表示仪表的功能。

图 6-21 的液位控制系统中，贮槽是被控对象，液位是被控变量，变送器将反映液位高低的信号送往液位控制器 LC。控制器的输出信号送往控制阀，控制阀开度的变化使贮槽输出流量发生变化以维持液位稳定。

图 6-22 的温度控制系统，是通过改变进入换热器的载热体流量，以维持换热器出口物料的温度在工艺规定的数值上。

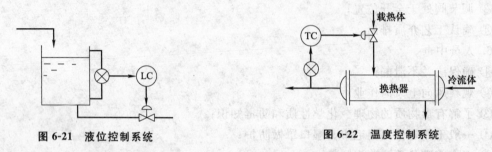

图 6-21　液位控制系统　　　　　　图 6-22　温度控制系统

简单控制系统的典型方块图如图 6-23 所示。

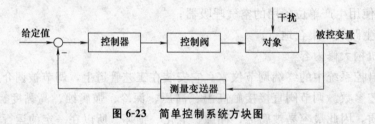

图 6-23　简单控制系统方块图

二、被控变量的选择

若要正确地选择被控变量，就必须了解工艺过程和工艺特点对控制的要求，仔细分析各变量之间的相互关系。选择被控变量时，一般要遵循下列原则：

① 被控变量应能代表一定的工作操作指标或能反应工艺的操作状态，一般都是工艺过程中比较重要的变量；

② 被控变量在工艺操作过程中常常要受到一些干扰影响而变化，为维持被控变量的恒定，需要较频繁的控制；

③ 尽量采用直接指标作为被控变量。当无法获得直接指标信号，或其测量信号滞后很大时，可选择与直接指标有单值对应关系的间接指标作为被控变量；

④ 被控变量应比较容易测量，并具有小的滞后和足够大的灵敏度；

⑤ 选择被控变量时，必须考虑工艺合理性和国内仪表产品现状；

⑥ 被控变量应是独立可控的。

三、操纵变量的选择

选择操纵变量的原则有如下三点。

① 操纵变量应是可控的，即工艺上允许控制的变量。

② 操纵变量一般应比其他干扰对被控变量的影响更加灵敏。为此，应通过合理选择操纵变量，使控制通道的放大倍数适当大、时间常数适当小、滞后时间尽量小。为使其他干扰

对被控变量的影响减小，应使干扰通道的放大倍数尽可能小，时间常数尽可能大。注意，在影响被控变量的诸多因素中，确定了其中一种因素作为操纵变量后，其余的因素都自然成了影响被控变量变化的干扰因素。

③ 在选择操纵变量时，除了从自动化角度考虑外，还要考虑工艺的合理性与生产的经济性，尽可能地降低物料和能量的消耗。

四、控制器参数整定

所谓控制器参数的整定，就是按照已定的控制方案，求取使控制质量最好时的控制器参数值。具体来说，就是确定最合适的控制器比例度 δ、积分时间 T_I 和微分时间 T_D。

整定的方法很多，工程上最常用的方法是经验凑试法。

整定的步骤有以下两种。

① 先用纯比例作用进行凑试，待过渡过程已基本稳定并符合要求后，再加积分作用消除余差，最后加入微分作用是为了提高控制质量。按此顺序观察过渡过程曲线进行整定工作，具体做法如下。

根据经验并参考表 6-1 的数据，选出一个合适的 δ 值作为起始值，把积分阀全关、微分阀全开，将系统投入自动。改变给定值，观察记录曲线形状。如曲线不是 4：1 衰减（这里假定要求过渡过程是 4：1 衰减振荡的），例如衰减比大于 4：1，说明选的 δ 值偏大，适当减小 δ 值再看记录曲线，直到呈 4：1 衰减为止。

经验凑试法的关键是"看曲线，调参数"，一直调到过渡过程振荡两个周期后基本达到稳定，品质指标达到工艺要求为止。

② 经验凑试法还可以按下列步骤进行：先按表 6-1 中给出的范围把 T_I 定下来，如要引入微分作用，可取 $T_D = \left(\dfrac{1}{3} \sim \dfrac{1}{4}\right) T_I$，然后对 δ 进行凑试，凑试步骤与前一种方法相同。

表 6-1　各类控制系统中控制器参数经验数据表

被控变量	特　　点	$\delta/\%$	T_I/min	T_D/min
流量	对象时间常数小，参数有波动，δ 要大；T_I 要短；不用微分	40～100	0.3～1	
温度	对象容量滞后较大，即参数受干扰后变化迟缓，δ 应小；T_I 要长；一般需加微分	20～60	3～10	0.5～3
压力	对象的容量滞后一般不算大，一般不加微分	30～70	0.4～3	
液位	对象时间常数范围较大，要求不高时，δ 可在一定范围内选取，一般不用微分	20～80		

五、控制系统的投运及操作中的常见问题

1. 控制系统的投运

（1）准备工作

对于工艺人员与仪表人员来说，投运前都要熟悉工艺过程，了解主要工艺流程、主要设备的功能、控制指标和要求，以及各种工艺参数之间的关系；熟悉控制方案，全面掌握设计意图，熟悉各控制方案的构成，对测量元件和控制阀的安装位置、管线走向、工艺介质性质等都要心中有数。对于仪表人员来说，还应该熟悉各种自动化工具的工作原理和结构，掌握调校技术；投运前必须对测量元件、变送器、控制器、控制阀和其他仪表装置，以及电源、气源、管路和线路进行全面检查，尤其是要对气压信号管路进行试漏。

（2）仪表检查

仪表虽在安装前已校验合格，投运前仍应在现场校验一次，在确认仪表工作正常后才可考虑投运。

（3）检查控制器的正、反作用及控制阀的气开、气关型式

控制器的正反作用与控制阀的气开、气关型式是关系到控制系统能否正常运行与安全操作的重要问题，投运前必须仔细检查。

在控制系统中，不仅是控制器，而且被控对象、测量变送器、控制阀都有各自的作用方向。它们如果组合不当，使总的作用方向构成了正反馈，则控制系统不但不能起控制作用，反而破坏了生产过程的稳定。所以，在系统投运前必须注意检查各环节的作用方向。

所谓作用方向，就是指输入变化后，输出变化的方向。当输入增加时，输出也增加，则称为"正作用"方向；反之，当输入增加时，输出减少的称"反作用"方向。

对于控制器，当被控变量（即变送器送来的信号）增加后，控制器的输出也增加，称为"正作用"方向；如果输出随着被控变量的增加而减小，则称为"反作用"方向（同一控制器，其被控变量与给定值的变化，对输出的作用方向是相反的）。对于变送器，其作用方向一般都是"正"的，因为当被控变量增加时，其输出信号也是相应增加的。对于控制阀，它的作用方向取决于是气开阀还是气关阀（注意不要与控制阀的"正作用"及"反作用"混淆），当控制器输出信号增加时，气开阀的开度增加，是"正"方向，而气关阀是"反"方向。至于被控对象的作用方向，则随具体对象的不同而各不相同。在一个安装好的控制系统中，对象、变送器的作用方向一般都是确定了的，控制阀的气开或气关型式主要应从工艺安全角度来选定。所以在系统投运前，主要是确定控制器的作用方向。控制器的正、反作用可以通过改变控制器上的正、反作用开关自行选择，如图 6-24 所示。

确定控制器作用方向，就是要使控制回路中各个环节总的作用方向为"反"方向，构成负反馈，这样才能真正起到控制作用。

（4）控制阀的投运

在现场，控制阀的安装情况一般如图 6-25 所示。在控制阀 4 的前后各装有截止阀，图中 1 为上游阀，2 为下游阀。另外，为了在控制阀或控制系统出现故障时不致影响正常的工艺生产，通常在旁路上安装有旁路阀 3。

开车时，有两种操作步骤，一种是用人工操作旁路阀，然后过渡到控制阀手动遥控；另一种是一开始就用手动遥控。如条件许可，当然后一种方法较好。

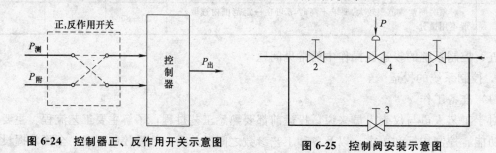

图 6-24 控制器正、反作用开关示意图　　　　图 6-25 控制阀安装示意图

（5）控制器的手动和自动的切换

通过手动遥控控制阀，使工况趋于稳定以后，控制器就可以由手动切换到自动，实现自动操作。

由手动切换到自动，总的要求是要做到无扰动切换。所谓无扰动切换，就是不因切换操作给被控变量带来干扰。

（6）控制器参数的整定

控制系统投入自动后，即可进行控制器参数的整定。

2. 测量系统的故障及判别方法

判别的方法可归纳为如下三点。

（1）记录曲线的分析比较

记录曲线的异常情况一般有下列几种，仔细分析比较，是不难找出其原因的。

① 记录曲线突变。一般来说，工艺参数的变化是比较缓慢的，有规律的。如果记录曲线突然变化到"最大"或"最小"两个极端位置上，则可能是仪表发生故障。

② 记录曲线突然大幅度变化。各个工艺参数往往是互相关联的。一个参数的大幅度变化一般总要引起其他参数的明显变化，如果其他参数并没有变化，则这个指示参数大幅度变化的仪表或有关装置可能有故障。

③ 记录曲线出现不规则变化。一般说来，控制阀存在干摩擦或死区，记录曲线产生图6-26中a的现象；仪表记录笔卡住，记录曲线往往出现曲线b的现象；控制阀定位器用得不当，产生跳动，记录曲线产生有规律的自持振荡，如图6-26曲线c所示。

④ 记录曲线出现等幅振荡。除了由于控制器参数整定不合适出现临界振荡外，其他因素也会使记录曲线出现等幅振荡。一般说来，控制阀阀杆滞涩，阀芯特性不好，阀门尺寸太大，工作在全行程的1/3以下，会引起记录曲线呈现狭窄的锯齿状的并有较小时间间隔的振荡变化，如图6-27中曲线a所示；往复泵的脉冲，引起控制过程曲线呈现较宽的连续的有较大时间间隔的振荡变化，如图6-27曲线b所示；有的控制系统在比例度还很大的时候，就产生虚假的临界振荡变化，如图6-27曲线c所示。这种振荡是紧跟着直接有关的其他工艺参数的波动而产生的，这时，不要被假象所迷惑，它说明控制作用还很微弱，应把比例度大幅度减小。

⑤ 记录曲线不变化，呈直线状（或圆状）。目前大多数较灵敏的仪表，对工艺参数的微小变化，多少总能反映一些出来。如果在较长的时间内，记录曲线是直线状，或原来有波动的曲线突然变成直线形（或圆形），就要考虑仪表可能有故障。这时可以人为地改变一点工艺条件，看仪表有无反应，如果没有反应，则仪表有故障。

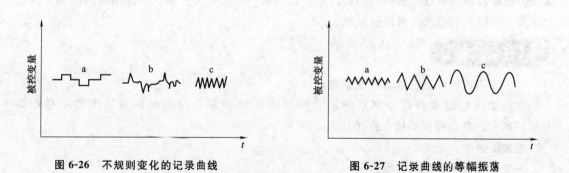

图6-26　不规则变化的记录曲线　　　　图6-27　记录曲线的等幅振荡

（2）控制室仪表与现场同位仪表比较

对控制室仪表指示有怀疑时，可以观察现场同位置（或相近位置）安装的各种直观仪表（如弹簧管压力表，玻璃管温度计等）的指示，看两者指示值是否相近（不一定要完全相等），如果差别很大，则仪表有故障。

（3）两台仪表之间的比较

对一些重要的工艺参数，往往都是用两台仪表同时进行检测显示，以确保测量准确，又便于对比检查。如果两台仪表的指示值不是同时变化，且相差较大，则仪表有故障。

3. 控制系统运行中的常见问题

控制系统在正常投运以后，经过长期的运行，可能会出现各种问题。除了要考虑前面所讲的测量系统可能出现的故障以外，特别要注意被控对象特性的变化以及控制阀特性变化的可能性，要从仪表和工艺两个方面去找原因，不能只从一个角度去看问题。

工艺操作的不正常，生产负荷的大幅度变化，不仅会影响对象的特性，而且会使控制阀的特性发生变化。

控制阀本身在使用时的特性变化也会影响控制系统的工作。如有的阀，由于受介质腐蚀，使阀芯、阀座形状发生变化，阀的流通面积变大，特性变坏，也易造成系统不能稳定的工作。严重时应关闭截止阀，人工操作旁路阀，更换控制阀。其他如气压信号管路漏气，阀门堵塞等也是常见故障，可按维修规程处理。

子情境二　加热炉出口温度的自动控制

【任务分析】

加热炉是常减压中重要装置之一。无论是原油加热或重油裂解，对炉出口温度的控制都十分严格，这一方面可延长炉子寿命，防止炉管烧坏；另一方面可保证后面工艺生产的质量，因此，加热炉出口温度必须严格控制在规定范围内。

在常减压生产过程中，为了控制加热炉出口温度，可以采用炉温-燃料气流量单回路控制系统，即根据炉出口温度的变化来控制燃料阀门的开度来维持炉出口温度在工艺规定的数值上。但进一步研究就会发现该方案存在一定缺陷。因为该控制方案只适用于主要干扰来自炉出口温度的波动，且燃料气压力比较稳定的场合。如果主要干扰是燃料气的压力波动，而这种波动又比较频繁，比较大，再考虑到加热炉容量比较大，控制很不及时的情况，控制效果将会很差。因为通过控制阀的燃料流量不仅与阀门开度有关，而且与控制阀前的燃料气压力有关。所以人们引入串级控制系统。

【任务实施】

一、加热炉出口温度自动控制系统

加热炉出口温度自动控制系统示意图如图 6-28 所示，控制阀的现场安装示意图如图 6-29 所示。自动控制系统方框图如图 6-30 所示。

在常压炉中：

主变量：常压炉出口温度；

副变量：燃料气压；

调节介质：高压瓦斯；

操纵变量：高压瓦斯流量。

二、系统投运

串级控制系统的投运顺序是一般先投副回路后投主回路。首先，将主控制器给定值设置好，主控制器放内给定，副控制器放外给定。在副控制器处于软手动状态下进行遥控，等待主变量慢慢在给定值附近稳定下来。这时可以按先副后主的顺序，依次将副控制器和主控制器切入自动，即完成了串级控制系统的投运工作。

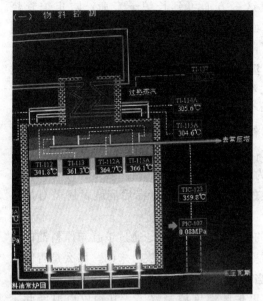

图 6-28 加热炉出口温度控制系统示意图

图 6-29 加热炉出口温度的现场安装示意图

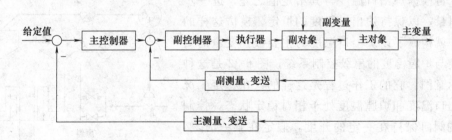

图 6-30 加热炉出口温度的自动控制系统方框图

三、控制器参数整定及阀门选择

采用一步整定法和两步整定法。

正常情况下：

主回路中：$\delta = 15\%$，$T_i = 1320s$，$T_D = 10s$；

副回路中：$\delta = 60\%$，$T_i = 200s$，$T_D = 0s$；

阀门选择：气开式。

【知识链接】

复杂控制系统种类繁多，根据系统的结构和所担负的任务来说，常见的复杂控制系统有串级、均匀、比值、分程、三冲量、前馈、选择性等系统。主要介绍串级控制系统的基本原理、特点及应用。

一、串级控制系统概述

串级控制系统是在简单控制系统的基础上发展起来的，下面举例说明。

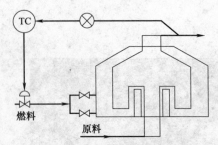

图 6-31　管式加热炉出口温度控制系统

管式加热炉是炼油、化工生产中重要装置之一。无论是原油加热或重油裂解，对炉出口温度的控制都十分严格，这一方面可延长炉子寿命，防止炉管烧坏；另一方面可保证后面精馏分离的质量。为了控制炉出口温度，可以设置图 6-31 所示的温度控制系统，根据炉出口温度的变化来控制燃料阀门的开度，即改变燃料量来维持炉的出口温度在工艺所规定的数值上，这是一个简单控制系统。

由于燃料量的改变要通过炉膛才能使原料油的温度发生变化，所以炉子的调节通道容量滞后很大，时间常数 15min 左右，反应缓慢，调节精度低，但是工艺上要求炉出口温度的变化范围为 ±(1～2)℃。如此高的质量指标要求，如图 6-31 所示的单参数单回路控制系统是难以满足的。为了解决容量滞后问题，还需对加热炉的工艺作进一步的分析。

管式加热炉对象是一根很长的受热管道，它的热负荷很大，它是通过炉膛与原料油的温差将热量传给原料油的，因此燃料量的变化首先是从炉膛的温度反映出来的，那么是否能以炉膛温度作为被控变量组成单回路控制系统呢？当然这样做会使调节通道容量滞后减少，约 3min，但炉膛温度不能真正代表炉出口温度，如果炉膛温度控制好了，其炉出口温度并不一定能满足生产要求，为解决这一问题，人们在生产实践中，根据炉膛温度的变化，先控制燃料量，再根据炉出口温度与其给定值之差，进一步控制燃料量，以保持炉出口温度的恒定。模仿这样的人工操作就构成了以炉出口温度为主要被控变量的炉出口温度与炉膛温度的串级控制系统，图 6-32 是这种系统的示意图。它的工作过程是这样的：在稳定工况下，炉出口温度和炉膛温度处于相对稳定状态，控制燃料量的阀门保持在一定的开度，假定在某一时刻，燃料油的压力或组分发生变化，这个干扰首先使炉膛温度 θ_2 发生变化，它的变化使控制器 T_2C 进行工作，改变燃料的加入量，从而使炉膛温度的偏差随之减小。

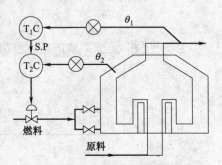

图 6-32　管式加热炉出口温度串级控制系统

与此同时，由于炉膛温度的变化，或由于原料本身的进口流量或温度发生变化，会使炉出口温度 θ_1 发生变化，θ_1 的变化通过控制器 T_1C 不断地改变控制器 T_2C 的给定值。这样，两个控制器协同工作，直到炉出口温度重新稳定在给定值时过渡过程才告结束。

图 6-33 是以上系统的方框图。根据信号传递的关系，图中将管式加热炉对象分为两部分。温度对象 2 的输出参数为炉膛温度 θ_2，干扰 F_2 表示燃料油的压力、组分等的变化，它通过温度对象 2 首先影响炉膛温度，然后再通过管壁影响炉出口温度 θ_1。干扰 F_1 表示原料本身的流量，进口温度等的变化，它通过温度对象 1 直接影响炉出口的温度 θ_1。

从图 6-32 或图 6-33 可以看出，在这个控制系统中，有两个控制器，分别接受来自对象不同部位的测量信号。其中一个控制器的输出作为另一个控制器给定值，而后者的输出去控制控制阀以改变操纵变量，从系统的结构来看，这两个控制器是串接工作的，因此，这样的

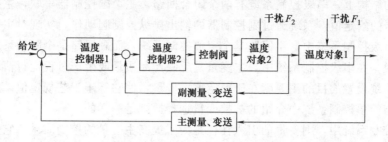

图 6-33　管式加热炉出口温度串级控制系统方框图

系统称为串级控制系统。

为了更好地阐述和研究问题，这里介绍几个串级控制系统中常用的名词。

主变量：是工艺控制指标，在串级控制系统中起主导作用的被控变量，如上例中的炉出口温度 θ_1。

副变量：串级控制系统中为了稳定主变量或因某种需要而引入的辅助变量，如上例中的炉膛温度 θ_2。

主控制器：按主变量对给定值的偏差而动作，其输出作为副变量给定值的那个控制器，称为主控制器（又名主导控制器）。如上例中的温度控制器 T_1C。

副控制器：其给定值由主控制器的输出所决定，并按副变量对给定值的偏差而动作的那个控制器，称为副控制器（又名随动控制器）。如上例中的温度控制器 T_2C。

主对象：对主变量表征其特性的生产设备，如上例中从炉膛温度检测点到炉出口温度检测点间的工艺生产设备，当然还包括必要的工艺管道。

副对象：为副变量表征其特性的工艺生产设备，如上例中控制阀至炉膛温度检测点间的工艺生产设备。由上可知，在串级控制系统中，被控对象被分为两部分——主对象与副对象，具体怎样划分，与主变量和副变量的选择有关。

主回路：是由主测量、变送，主、副控制器，执行器（控制阀）和主、副对象所构成的外回路，亦称外环或主环。

副回路：是由副测量、变送，副控制器，执行器（控制阀）和副对象所构成的回路，亦称内环或副环。

根据前面所介绍的串级控制系统的专用名词，各种形式的串级控制系统都可以画成典型形式的方块图，如图 6-34 所示。

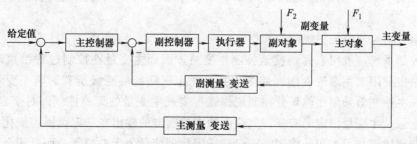

图 6-34　串级控制系统典型方框图

二、串级控制系统的特点及应用

1. 系统的结构

　　在系统的结构上，串级控制系统有两个闭合回路。主、副控制器串联，主控制器的输出作为副控制器的给定值，系统通过副控制器的输出操纵控制阀动作，实现对主变量的定值控制。所以在串级控制系统中，主回路是个定值控制系统，而副回路是个随动系统。

　　一般来说，在串级控制系统中，主变量是反映产品质量或生产过程运行情况的主要工艺参数。控制系统设置的目的主要就在于稳定这一变量，使它等于工艺规定值。所以，主变量的选择原则与简单控制系统中介绍的被控变量选择原则是一样的。

　　在串级控制系统中，副变量的引入往往是为了提高主变量的控制质量，它是基于主、副变量之间具有一定的内在关系而工作的。因此，在主变量选定后，选择的副变量应与主变量有一定的关系。

　　选择串级控制系统的副变量一般有两类情况，一类情况是选择与主变量有一定关系的某一中间变量作为副变量，例如前面所讲的管式加热炉的温度串级控制系统中，选择的副变量是燃料量至炉出口温度通道中间的一个变量，即炉膛温度，由于它的滞后小，反应快，可以提前预报主变量的变化；另一类选择的副变量就是操纵变量本身，这样能及时克服它的波动，减小对主变量的影响。

　　2. 系统的特性

　　在系统特性上，串级控制系统由于副回路的存在，改善了对象特性，使调节过程加快，具有超前控制的作用，从而有效地克服滞后，提高控制质量。因此，当对象的调节通道很长，容量滞后大或时间常数大，采用简单控制系统不能满足控制质量的要求时，可以考虑采用串级控制系统。

　　3. 自适应能力

　　由于增加了副回路，使串级控制系统具有一定的自适应能力，可用于负荷和操作条件有较大变化的场合。

　　前面已经讲过，对于一个控制系统来说，控制器参数是在一定的负荷，一定的操作条件下，按一定的质量指标整定得到的。因此，一定的控制器参数只能适应一定的负荷和操作条件。如果对象具有非线性，那么，随着负荷与操作条件的改变，对象特性就会发生变化，这样，原先的控制器参数就不再适应了，需要重新整定。如果仍用原先的参数，控制质量就会下降。这一问题，在单回路控制系统中是难于解决的。在串级控制系统中，主回路是一个定值系统，副回路却是一个随动系统，当负荷和操作条件发生变化时，主控制器能够适应这一变化及时地改变副控制器的给定值，使系统运行在新的工作点上，从而保证在新的负荷和操作条件下，控制系统仍然具有较好的控制质量。

　　三、主、副控制器控制规律的选择

　　串级控制系统一般用来高精度地控制主变量，因而主变量在控制过程结束时不应有余差。副回路主要用来克服进入副回路的干扰，而主回路能够克服所有影响主变量变化的干扰。因而，主控制器采用比例积分控制规律就可实现主变量的无差控制。对于副变量来说，一般要求它服从主变量恒定的需要，其值应随主控制器的输出在一定范围内变化，因而应采用比例控制规律，如引入积分作用，不仅难于保持副变量为无差控制，而且还会影响副回路的快速作用。

　　此外，当工艺为主、副变量的要求不同时，主、副控制器的控制规律也是不同的。表6-2列出四种情况，其中第一种情况应用是最普遍的。

表 6-2　主、副变量不同时应选用的控制规律

选择方法序号	对变量的要求		应选控制规律		备注
	主变量	副变量	主控	副控	
1	重要指标,要求很高	允许变化,要求不严	PI	P	主控必要时引入微分
2	主要指标,要求很高	主要指标,要求较高	PI	PI	
3	允许变化,要求不高	要求较高,变化较快	P	PI	工程上很少采用
4	要求不高,互相协调	要求不高,互相协调	P	P	

四、主、副控制器正反作用的选择

与简单控制系统一样,在串级控制系统投运和整定之前,必须检查控制器正、反作用开关是否放置在正确的位置。

串级控制系统中,必须分别选择主、副控制器的作用方向,选择方法如下。

1. 副控制器作用方向的选择

串级控制系统中的副控制器作用方向的选择,是根据工艺安全等要求,选定控制阀的开、关型式后,按照使副回路成为一个负反馈系统的原则来确定的。因此,副控制器作用方向与对象特性、控制阀的气关、气开型式有关,其选择方法与简单控制系统中控制器正、反作用的选择方法相同,这时可不考虑主控制器的作用方向,只是将主控制器的输出作为副控制器的给定就行了。

2. 主控制器作用方向的选择

串级控制系统中主控制器作用方向的选择可按下述方法进行:当主、副变量在增大(或减小)时,为把主、副变量调回来,如果由工艺分析得出对控制阀动作方向要求一致时,主控制器应选用"反"作用;反之,则应选用"正"作用。

五、控制器参数整定与系统投运

串级控制系统从整体上来看是个定值控制系统,要求主变量有较高的控制精度。但从副回路来看,是一个随动系统,要求副变量能准确、快速地跟随主控制器输出的变化而变化。只有明确了主、副回路的作用及主、副变量的要求后,才能正确地通过参数整定改善控制系统的特性,获取最佳的控制过程。

串级控制系统主、副控制器的参数整定方法主要有下列两种。

1. 两步整定法

按照串级控制系统主、副回路的情况,先整定副控制器,后整定主控制器的方法叫做两步整定法。

2. 一步整定法

两步整定法虽能满足主、副变量的不同要求,但要分两步进行,比较繁琐。为了简化步骤,串级控制系统中控制器的参数整定可以采用一步整定法。所谓一步整定法就是副控制器的参数按经验直接确定,主控制器的参数按简单控制系统整定。根据副控制器一般采用比例控制的情况,副控制器的比例度可按照经验在一定范围内先取。

串级控制系统的投运和简单控制系统一样,要求投运过程保证做到无扰动切换。

串级控制系统使用的仪表和接线方式各不相同,投运方法也不完全一样。目前采用较为普遍的投运方法是先把副控制器投入自动,然后在整个系统比较稳定的情况下,再把主控制器投入自动,实现串级控制。这是因为在一般情况下,系统的主要干扰集中包括在副回路,而且副回路反应较快,滞后较小,如果副回路先投入自动,把副变量稳定,这时主变量就不会产生大的波动,主控制器的投运就比较容易了。再从主、副两个控制器联系上看,主控

器的输出是副控制器的给定，而副控制器的输出直接去控制控制阀，因此，先投运副回路，再投运主回路，从系统结构上看也是合理的。

由于所使用的仪表和对系统的要求不同，除了以上投运方法外，也有先投运主回路，后投运副回路的。为了简化步骤，在有的场合，也可以主、副回路一次投运，应当根据具体情况灵活掌握。

【训练项目】

一、识读调节阀的实时行程、作用方式

① 识读调节阀的实时行程 根据现场实际情况来判断。

② 气开、气关的选择 气开、气关的选择主要从工艺生产上安全要求出发。考虑的原则是：当信号压力中断时，应保证设备和工作人员的安全。所以当信号中断时，燃料阀应该处于关闭，这样加热炉处于安全状态，所以该阀门是气开阀。参考图 6-33。

二、故障检修

当调节阀出现故障时，在现场能够将调节阀改旁路调节，配合检修人员安全检修，步骤如下。

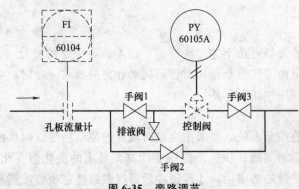

图 6-35 旁路调节

工艺上一般采用旁路设计，除控制阀之外，还剩四个手阀（闸阀），如图 6-35 所示。如果控制阀发生故障时，首先，一个人将阀 1 逐渐关小而阀 2 逐渐打开，此过程一定要缓慢切换，并且在此过程中，要有人时刻关注前面的孔板流量计。保持流量计数值不变，以保证生产正常平稳，直到手阀 1 完全关闭（但是手阀 2 未完全打开）再关闭手阀 3。这时控制阀的流路完全被手阀 2 的流路代替，并且手阀 1 和手阀 3 之间的流路被切断。之后用排液阀将留在管道中的介质排出，此时旁路调节完毕。

【考核】

动作步骤	分值	要　　点	得分
识别控制阀动作方式	20	能理解调节阀作用方式的判定原理	
	20	在现场能够识读调节阀的作用方式	
将有控制阀的流路切换到旁路	12	了解图中各个手阀的作用和相互配合的原理	
	12	当要进行切换时要同时作用手阀 1 和手阀 2，手阀 1 逐渐关闭而手阀 2 逐渐打开	
	12	在动作手阀 1 和手阀 2 的时候保持之前的孔板流量计流量不变	
	12	当手阀 1 完全关闭时（此时手阀 2 为完全关闭），关闭手阀 3	
	12	此时打开排液阀，排出内部介质	

DCS 的构成、操作与组态

🎀【学习目标】

① 掌握 CS3000 硬件；
② 掌握 CS3000 软件；
③ 掌握 CS3000 操作；
④ 掌握 CS3000 故障处理、风险分析、大修内容。

👉【导论】

集散控制系统具有集中管理和分散控制的显著特征，与模拟仪表控制系统和集中式工业控制计算机相比具有显著特点。

目前市场上有很多种 DCS 操作系统的生产厂家，例如德国的西门子、国内的浙大中控、美国的艾默生以及日本横河公司生产的 CS3000，常减压装置用的是横河 CS3000。

集散控制系统（DCS）应用到过程生产中，将过程繁琐的工艺流程中的重要参数（例如常减压装置中的温度、压力、差压、转速、流量、成分等）以模拟量信号和开关量信号进行采集，并在 DPU（Distributed Processing Unit）中进行分析和逻辑计算（运算），根据事先编辑的程序输出相应的模拟量信号或者开关量信号，从而进行启停设备或者对执行机构进行调节，从而达到自动控制的目的。DCS 具有以下特点。

1. 高可靠性

由于 DCS 将系统控制功能分散在各台计算机上实现，系统结构采用容错设计，因此某一台计算机出现的故障不会导致系统其他功能的丧失。此外，由于系统中各台计算机所承担的任务比较单一，可以针对需要实现的功能采用具有特定结构和软件的专用计算机，从而使系统中每台计算机的可靠性也得到提高。

2. 开放性

DCS 采用开放式、标准化、模块化和系列化设计，系统中各台计算机采用局域网方式通信，实现信息传输，当需要改变或扩充系统功能时，可将新增计算机方便地连入系统通信网络或从网络中卸下，几乎不影响系统其他计算机的工作。

3. 灵活性

通过组态软件根据不同的流程应用对象进行软硬件组态，即确定测量与控制信号及相互间连接关系、从控制算法库选择适用的控制规律以及从图形库调用基本图形组成所需的各种监控和报警画面，从而方便地构成所需的控制系统。

4. 易于维护

功能单一的小型或微型专用计算机，具有维护简单、方便的特点，当某一局部或某个计算机出现故障时，可以在不影响整个系统运行的情况下在线更换，迅速排除故障。

5. 协调性

各工作站之间通过通信网络传送各种数据，整个系统信息共享，协调工作，以完成控制系统的总体功能和优化处理。

6. 控制功能齐全

控制算法丰富，集连续控制、顺序控制和批处理控制于一体，可实现串级、前馈、解耦、自适应和预测控制等先进控制，并可方便地加入所需的特殊控制算法。

【任务分析】

为快速判断装置运行状况，需要在常减压的常压塔顶出口现场新增某个检测点，压力的恒定对装置的稳定运行非常重要。如果在这点加上压力仪表辅助控制，那样会为生产带来很大方便，但是这样会造成现场仪表和 DCS 上面不同步（新增的控制点没有体现）。现要求在现有的 DCS 基础上新加检测点，并且和现场仪表关联起来。

本学习情境将以常减压上的 CS3000 为实例，对 CS3000 组成、操作及组态进行介绍。

常减压装置的 DCS 组态是由以下步骤组成的（图 7-1），而目前要在此基础上新增观测点，就是里面的各种组态、设置、流程图等大部分都可以跳过，直接进入到连线与组态步骤。所用到的所有 DCS 都是用到相同的原理制作而成的，但是它们组态时显示的页面不太一样，而操作内容是一致的，现以日本横河的 CS3000 为例进行简单组态。首先要把现场信号线与 DCS 连接起来。而后找一个闲置并且可用的通道，将信号线与之连接。所有信号连接好了就可以组态了，首先，在 I/O 接口找到之前那个闲置的通道，双击之后进入定义对话框，对其控制点名称、工位号、系统中的地址进行定义。之后推出此对话框，进入应用模块对话框，因为新增点是压力测量，所以点击压力测量（这里是所有的压力测量）。在这里新建一个控制块，将工位号、量程、显示单位以及地址等进行组态，到此组态基本完毕。其基本顺序是：首先，找到接线时连接的空闲的通道；其次，对其进行名称、工位号、以及地址的描述；再次，在应用块中新建一个控制点，将之前的工位号与地址与这个控制点组态；最后，在 PVI 模块中将细节经行定义（例如量程和单位等）。

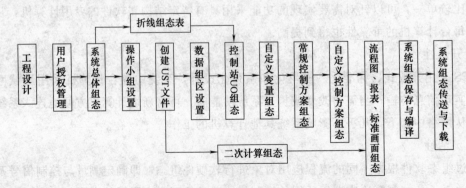

图 7-1 常减压装置 CS3000 系统组态流程图

【任务实施】

步骤一：系统连线

将现场送进中控室的 4～20mA 信号线（一般为一白一黑）连接到机柜上面的端子排上，端子排又将信号送给安全栅（隔离危险信号），此时要选好安全栅类型，与 DCS 配套，安全栅有有源和无源之分，当现场仪表没有动力来源时，安全栅会对其供电（24V 直流），此处选择有源安全栅。此时安全栅出来的安全信号就可以送给 DCS 卡件了，并且在卡件中选定一个能使用并且闲置的通道，这里选择机柜 1 里面的通道 1，将线连接后接线任务就完成了。接线的顺序是现场仪表的信号输出→机柜端子排→安全栅→卡件。

步骤二：系统组态

① 在 CS3000 的工程师站中打开 "All Folders" 并且找到 "SYSTEM VIEW"，并且找到其中的 "ET2"（此处是工作人员任意起的名）并打开，如图 7-2 所示。

图 7-2　CS3000 组态过程图（一）

② 打开其中的 "FCS0101"（第一个操作站）中的 "IOM"（I/O 接口）并且找到其中的 "Node1" 打开后有三个显示框，分别为 1（3、4）AAI143-H（图 7-3），前面数字代表哪个接口。

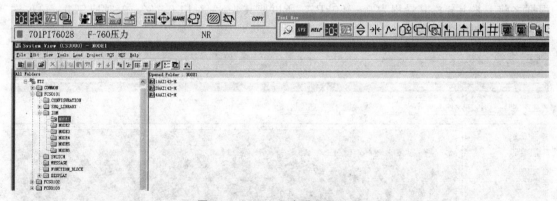

图 7-3　CS3000 组态过程图（二）

③ 选择之前选定的 1AAI143-H（对应连线时候的机柜 1 通道 1）并且双击后进入其定义画面（图 7-4），在 "Service Comment" 中填入该控制点名称，例如之前的排污 pII 分析，此处填入常压塔顶出口压力值；在 "PID Tag Name" 中填入仪表工位号，在 "Label" 中填入仪表在组态内部的地址一般为％％I＋工位号，其余选项为默认即可。之后退出 IOM 块。

④ 进入 "Function Block" 块，这里 "comment" 下面显示的流量、压力以及液位控制代表常减压装置中 DCS 所有的该类型的表（图 7-5）。

⑤ 此处双击压力控制进入图 7-6 所示画面，新建一个控制方块，此控制块分为上中下三部分，将最上面的位号与之前定义好的工位号组态，而最下面的与之前的硬地址组态，中

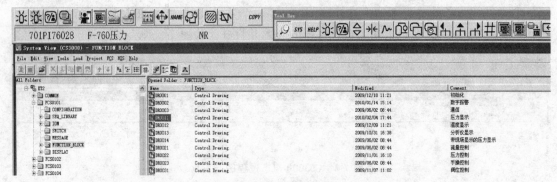

图 7-4　CS3000 组态过程图（三）

图 7-5　CS3000 组态过程图（四）

间 PVI 模块是对其进行细节描述的，将前两项组态完毕后，单击"PVI 块"使其变为绿色，之后右键单击选出 detail（细节对话框），在这里就可以就量程以及单位等对其进行定义了，根据之前工艺上分析其量程为 0～150kPa，所以使其 4mA 对应 0，20mA 对应 150，单位选择为 KPA，到此组态完成。

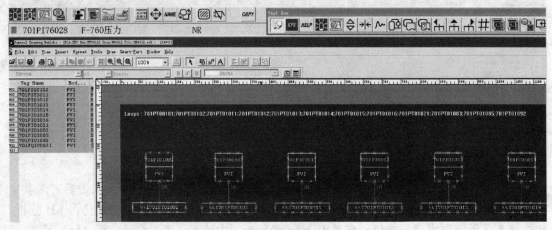

图 7-6　CS3000 组态过程图（五）

【知识链接】

一、CS3000 系统硬件

1. CS3000 系统概述

综合生产管理与控制系统 CENTUM CS 3000 (Concentral Solution 3000)，是横河公司的企业技术解决方案 (Enterprise Technology Solutions, ETS) 概念的最重要产品之一，是一套可靠的、稳定的、开放的新一代的集散控制系统，它采用了最新的开放式网络技术 "Open Network Technologies" 和经现场证明了的具有高可靠性的硬件和软件。CENTUM CS 3000 (以下简称 CS 3000) 系统结构十分灵活，可根据用户的需要配置不同规模的系统，CS3000 拥有传统 DCS 所具有的功能和特点，同时支持 HART 和基金会现场总线。不但可以和横河前几代系统进行数据通信，而且还可以与其他 DCS、PLC、ESD 厂家的系统进行数据通信。通过与工厂上层管理系统（包括 PIMS、LIMS、以及 ERP 等）的连接，可以完全实现工厂一体化管理，使工厂各个部门及时了解到现场的生产情况。

系统的最小配置的域中包括一个 FCS 和一个 HIS。最大配置的域中可以包含 HIS、FCS、BCV 等设备，总共最多 64 个站，其中 HIS 最多 16 个。CS 3000 系统是由操作站、现场控制站、工程师站、通信总线、通信网关等部分所组成的，如图 7-7 所示。

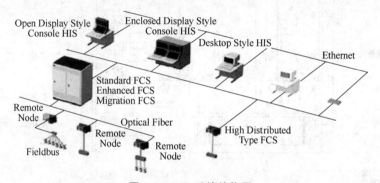

图 7-7　DCS 系统结构图

Desktop Style HIS—桌面型操作站；Enclosed Display Style Console HIS—嵌入型台式操作站；
Open Display Style Console HIS—开放型台式操作站；Standard FCS—标准型现场控制站；
Enhanced FCS—增强型现场控制站；High Distributed Type FCS—高分散型现场控制站；
Migration FCS—迁移型现场控制站；Remote Node—远程节点；
Fieldbus—现场总线；Ethernet—以太网；Optical Fiber—光纤

① 采用高性能计算机，这样使系统的工作站具有很强的安全性和可靠性。

② 现场控制站 (Field Control Station，FCS)。用于过程 I/O 信号处理，具有模拟量连续控制、顺序控制、逻辑运算、批量控制等实时控制运算功能。

③ 工程师站 (Engineering Work Station，EWS)。用于系统设计组态、仿真调试及操作监视。工程师站因为操作"等级"比较高，所以一般采用最高性能的计算机。

④ ESB 总线 (Extended Serial Backboard Bus)。是控制站内中央主控制器 FCU 与本地 I/O 节点之间进行数据传输的双重化实时通信总线。

⑤ ER 总线 (Enhanced Remote Bus)。是控制站内本地 I/O 节点与远程 I/O 节点之间进行数据传输的双重化实时通信总线。网络拓扑结构为总线型，通信速率为 10Mbps，每台控制站可从本地节点连接 8 个远程 I/O 节点，最大通信距离 20km。

2. 控制站 FCS

FCS 主要完成控制功能和 PLC 等子系统的通信功能。根据功能、容量不同，分为标准型、扩展型、紧凑型现场控制站。安装方式有机柜安装和 19″机架安装两种。

现场控制站 FCS 包括现场控制单元 FCU、输入输出总线接口单元和总线节点 NODE 单元。这里仅介绍 KFCS/KFCS2 的构成。

现场控制站 KFCS/KFCS2 由以下几部分构成。

（1）现场控制单元（FCU）　现场控制单元（FCU）由电源供给单元、ESB 输入输出（I/O）总线接口卡、微处理器卡、v-net 连接单元、电池单元、外部接口单元、电源分配面板、电源输入输出端子、空气过滤器、风扇单元、ESB 远程输入输出（I/O）总线连接单元构成，如图 7-8 所示。

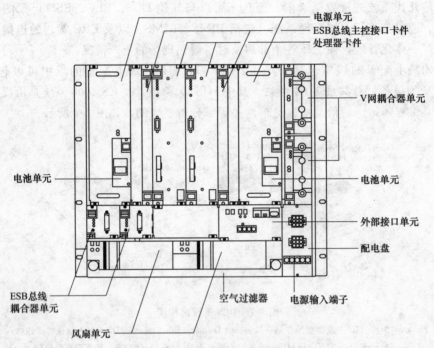

图 7-8　现场控制单元 FCU 的基本结构

（2）通信总线

① ESB 总线。FCU 连接本地节点 NODE 的通信总线，可以冗余配置。通信速度 128Mbps，最大通信距离 10m。

② ER 总线。FCU 通过本地节点 ER 总线接口连接远程节点 NODE，可以冗余配置。

通信速度 10Mbps，两者的距离小于 185m 时，可采用 10BASE-2 同轴电缆；两者的距离小于等于 500m 时，可采用 10BASE-2 同轴电缆；两者的距离小于等于 2km 时可采用光缆。总线间连接示意如图 7-9 所示。

（3）FIO 节点单元　FIO 用节点单元（NU）是将来自现场的模拟信号或数字信号等的过程输入输出信号进行信号转换传送到 FIO 用现场控制单元（FCU）的信号处理装置。FIO 用节点单元（NU）有 ESB 总线节点单元（直接节点）和 ER 总线节点单元（远程节点），直接节点安装在 FCS 上，远程节点则安装在现场较近的机柜上。节点单元由"ESB 总线从属接口模块"或者"ER 总线从属接口模块"、"输入输出模块"构成。另外，FIO 用高分散型 FCS 将 1 台 FIO 用节点单元（NU）进行了一体化。

① ESB 总线从属接口模块。ESB 总线从属接口模块安装在直接节点上，与 FCU 进行通信。可以双重化。

② ER 总线接口模块。ER 总线接口模块有主控接口模块和从属接口模块。

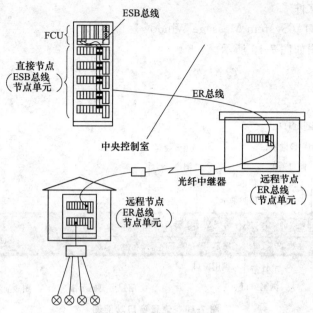

图 7-9　总线连接示意图

③ 输入输出模块。这是对现场的模拟信号及数字信号输入输出时进行信号转换的模块。

④ KFCS 以及 KFCS2 的安装形态。FIO 用现场控制单元（FCU）和 FIO 用节点单元（NU）安装在专用机柜、通用架盘或通用机柜中。FCU 和节点安装形态可以自由组合。例如，将 FCU 和一部分的节点安装在专用机柜中，剩余的节点也可以使用通用架安装在现场盘中。对于 1 台 FCU 来说，如果是 KFCS 的场合，最大连接 10 台；如果是 KFCS2 的场合，连接最大 15 台的 FIO 用节点单元（NU）。1 台节点单元（NU）上最多可以安装 8 个输入输出模块。

⑤ FIO 用 FCU 安装机柜。

前面：FCU1 台、节点单元（NU）5 台；

背面：节点单元（NU）4 台。

⑥ 输入输出扩张机柜。

前面：节点单元（NU）4 台；

背面：节点单元（NU）4 台。

3. 操作站 HIS

操作站 HIS（Human Interface Station，人机界面操作站）为操作人员提供了以 CRT 为基础的人机界面，操作人员可以通过 CRT 显示的各种画面了解生产工况，并通过 HIS 站送出控制命令，实现对装置的操作。

（1）操作站 HIS 的构成　CS3000 集散控制系统的操作站 HIS 有桌面式 HIS、封闭型落地式 HIS、开放型落地式 HIS，可以配置双屏幕显示，它采用了最新的 PC 技术，选用了开放式的操作系统构成，具有高速数据采集功能和一触式多窗口显示功能。操作方式有专用操作员键盘、鼠标、轨迹球、触屏。

（2）操作站 HIS 的功能　CS3000 集散控制系统 HIS 的功能，主要是监视和操作两个方面。人机界面站的功能可以概括为七项：通用功能、标准的操作和监视功能、系统维护功能、控制状态显示功能、操作和监视的支持功能、趋势功能和数据开放接口功能。

二、操作监视软件

1. 系统信息窗口 (System Message Window)

信息窗口功能图如图 7-10 所示。

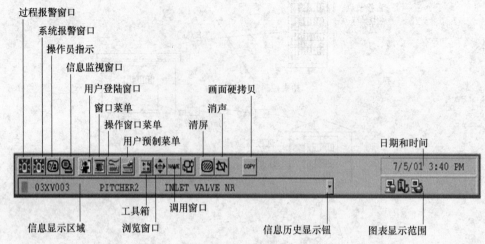

图 7-10　信息窗口功能图

2. 过程报警窗口

过程报警窗口中最新的过程报警显示在第一行，并且显示报警发生的时间、类别报警的工位、工位注释、报警状态等信息，双击某一条信息，可调出相应的仪表面板，使操作人员紧急处理，在二级窗口中，可以选择报警的控制站、甚至其中一个工位，操作人员可以确认报警，并且消声。18 条/每页，200 条/每个窗口。报警窗口功能图如图 7-11 所示。

报警类型：

IOP：输入开路	DV＋：正偏差报警
OOP：输出开路	DV－：负偏差报警
HH（HI）：高高限（高限）报警	VEL＋：正变化率报警
LL（LO）：低低限（低限）报警	VEL－：负变化率报警

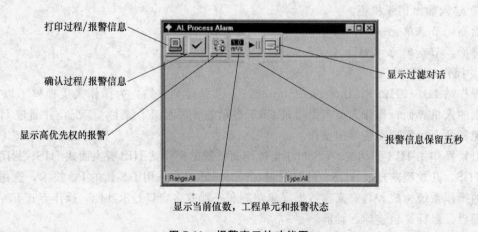

图 7-11　报警窗口的功能图

3. 系统报警信息窗口

整个系统时时受到监控，如果系统报警发生，将显示在这个窗口中，报警类型、时间等。

4. 用户登录窗口

用户登录窗口用于限制用户操作监视的权利，标准的用户有 ONUSER、OFFUSER 和 ENGUSER 三个，除了 OFFUSER 用户以外，ONUSER 和 ENGUSER 还可以用密码保护。用户登录如图 7-12 所示。

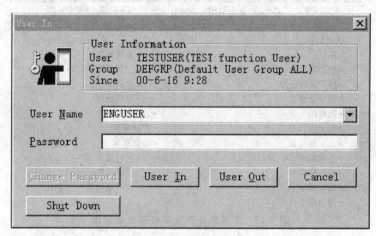

图 7-12 用户登录页面图

5. 操作窗口菜单

操作窗口下拉菜单显示标准的应用窗口，其外形图如图 7-13 所示。

6. 操作菜单

操作菜单是针对窗口操作顺序的一个寻根菜单。其示意图如图 7-14 所示。

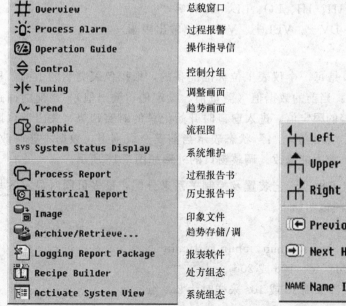

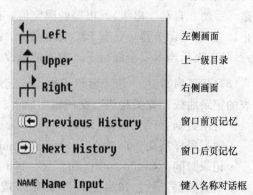

图 7-13 操作窗口下拉菜单示意图　　　　图 7-14 操作菜单示意图

7. 预设窗口菜单

预设窗口菜单是在系统维护中的 HIS　SETUP 中定义的，它非常灵活，可由用户随时更改，其形式也是下拉菜单式。

8. 工具箱

工具箱的内容是将经常操作的窗口综合在一起。其外形图以及功能介绍如图 7-15 所示。

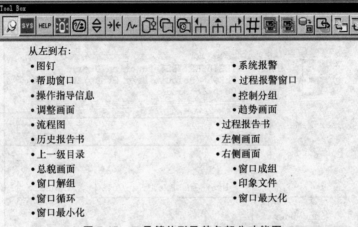

从左到右：

- 图钉
- 帮助窗口
- 操作指导信息
- 调整画面
- 流程图
- 历史报告书
- 上一级目录
- 总貌画面
- 窗口解组
- 窗口循环
- 窗口最小化

- 系统报警
- 过程报警窗口
- 控制分组
- 趋势画面
- 过程报告书
- 左侧画面
- 右侧画面
- 窗口成组
- 印象文件
- 窗口最大化

图 7-15　工具箱外形及其各部分功能图

（1）控制分组窗口　控制分组窗口可根据工艺装置及控制关系来分配，最多可同时显示 8 块标准尺寸的仪表面板，可操作仪表的回路状态、设定值、输出值，可确认报警，每一个面板可单独地打开一个仪表面板窗口，进入其调整画面，修改其他参数。控制窗口还可灵活登录为其他仪表工位，进行监视，但这个变动不会改动软件原分配。

报警颜色：

- 绿色：正常
- 红色：过程报警（IOP、HH、HI、LO、LL、OOP 等）
- 黄色：报警发生（DV＋、DV－、VEL＋、VEL－、输出限幅）
- 白色：没有报警

（2）调整窗口　调整窗口是每一个仪表工位标准配备的，根据仪表类型的不同，显示的参数内容不同，标准参数有：当前的数据值（测量值、设定值、输出值）、当前的回路状态（手动、自动、串级）、报警的限定值、进入窗口时开始记录的时实趋势（关闭窗口后停止）、如果是调节器，还有 PID 参数等。"："状态表示当前安全级别下，数据不能修改，"＝"状态表示当前安全级别下，数据能修改。调整窗口的外形如图 7-16 所示。

（3）趋势窗口　趋势窗口可根据工艺装置及控制关系来分配，最多可同时显示 8 块仪表的记录曲线，有关趋势数据的说明如下。

- 应用数据：PV、SV、MV
- 数据采样周期：1s 或 10s；1min、2min、5min 或 10min
- 记录时间：48min、8h；2d、4d、10d 或 20d
- 最大数据点数：1024 点；当采用 1s 或 10s 采样时为 256 点
- 采样数据数：2880 采样点
- 显示时间轴放大：1/4 倍、1/2 倍、1 倍、2 倍、4 倍和 8 倍

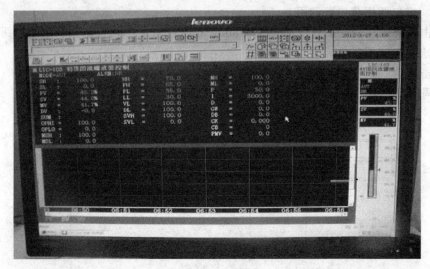

图 7-16　调整窗口

· 显示数据轴放大：1 倍、2 倍、5 倍和 10 倍

8 条曲线分别以 8 种不同颜色表示 8 块仪表，每个仪表的量程标注在趋势显示区的上方，拖曳"＊1"在时间轴上移动，将显示在那一时刻 8 个仪表的趋势数值。使用"＊2"可以存储趋势数据。某时刻趋势窗口示意图如图 7-17 所示。

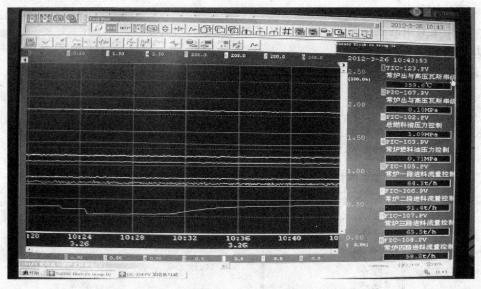

图 7-17　趋势窗口意图

三、CS3000 系统操作

1. 调用画面

画面根据它们的性质可分为三种：

A. 流程图画面（Graphic Attribute）。

B. 概貌画面（Overview Attribute）。

C. 控制组画面（Control Attribute）。它们可直接调用，也可以在画面之间关联调用。

（1）直接调用画面　以"系统信息窗口"调用流程图为例

① 从"窗口调用菜单"调用。

a. 点击系统信息窗口工具栏上的"Window Call Menu"（窗口调用菜单）按钮。

b. 弹出窗口调用菜单。

c. 点击菜单上的"Graphic"（流程图）项。

窗口调用菜单调用流程图的示意图如图 7-18 所示。

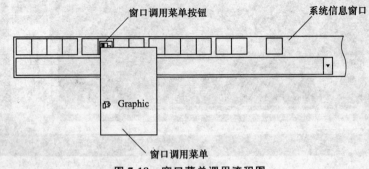

图 7-18　窗口菜单调用流程图

d. 打开相应流程图。

e. 根据需要打开其他流程图（可通过软按钮）。

② 从"工具条"调用。

a. 点击系统信息窗口工具栏上的"Toolbox"（工具条）按钮。

b. 弹出工具条。

c. 点击工具条的流程图"Graphic"（流程图）项。

d. 打开相应流程图。

e. 根据需要打开其他流程图（可通过软按钮）。

（2）从"导航器"调用

a. 点击系统信息窗口工具栏上的"Navigator"（导航器）按钮。

b. 弹出导航器窗口画面。导航器调用流程图的示意图如图 7-19 所示。

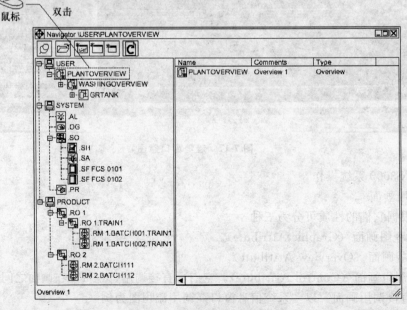

图 7-19　导航器调用流程图

c. 在导航器窗口上双击相应的画面名称。

d. 打开相应的画面。

（3）从"名称输入"调用

a. 点击系统信息窗口工具栏上的"NameinPut"（名称输入）按钮。

b. 弹出"名称输入"对话框。

c. 在"名称输入"对话框中输入相应的画面名称。

d. 回车打开相应的画面。

2. 调用隐藏画面

（1）调用上级画面

a. 假设当前已打开一幅画面。点击系统信息窗口工具栏上的"Operation menu"（操作菜单）按钮。

b. 弹出操作菜单。

c. 点击操作菜单中的"Upper"（向上）项。调用隐藏的上一级画面的流程图如图 7-20 所示。

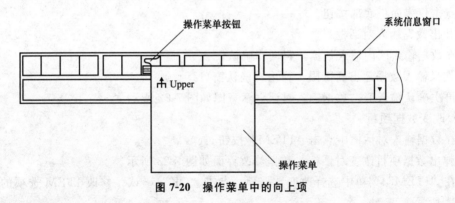

图 7-20　操作菜单中的向上项

d. 上一级画面打开。

（2）调用同级画面

a. 假设当前已打开一幅画面。

b. 点击系统信息窗口工具栏上的"Operation menu"（操作菜单）按钮。

c. 弹出操作菜单。

d. 点击操作菜单中的"Previous"（向前）项。

e. 同一级前画面打开。

f. 再次点击操作菜单中的"Previous"（向前）项。

g. 同一级更前画面打开。

3. 动态图静态保存

（1）保存画面

a. 在当前画面打开状态下，点击系统信息窗口工具栏上的"Toolbox"（工具条）按钮。

b. 弹出工具条。

c. 点击"Save window set"（保存窗口）按钮。

d. 当前画面所有信息保存为静态图。

（2）调出所保存画面

a. 在当前画面打开状态下，点击系统信息窗口工具栏上的"Toolbox"（工具条）按钮。

b. 弹出工具条。

c. 静态图立刻被打开。工具条中保存选项示意图如图 7-21 所示。

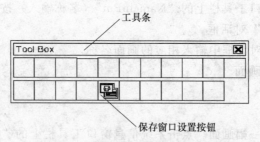

图 7-21　工具条中的保存选项示意图

4. 仪表面板操作

（1）输入数据

调用仪表面板方式参见前面第二节。

a. 点击仪表面板底部按钮。

b. 弹出数据输入对话框。

c. 在数据输入区内输入数据，再回车确认。

d. 如果输入数据超出高低限，弹出再确认窗口。

e. 再次确认输入值。数据输入对话框示意图如图 7-22 所示。

（2）改变数据项目

a. 在数据输入对话框中点击"ITEM"按钮。

b. 弹出数据项目改变对话框，数据修改界面如图 7-23 所示。

c. 在"ITEM"菜单中选择改变数据项，点击"OK"确认，修改 ITEM 选项的示意图如图 7-24 所示。

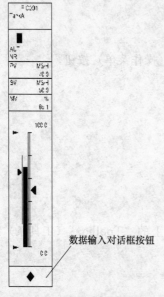

图 7-22　数据输入对话框

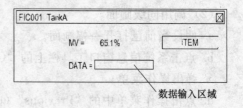

图 7-23　数据修改界面

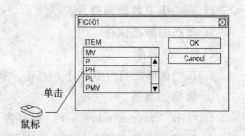

图 7-24　修改"ITEM"菜单中的数据项

d. 输入数据项替换为所改项。

（3）仪表面板增减操作

a. 用鼠标点击仪表面板上的增减指针，可操作的指针显示红色（在 MAN 模式下可修改 MV 值；在 AUTO 模式下可修改 SP 值）。

b. 弹出增/减操作对话框（调用仪表面板方式示意图如图 7-25 所示）。

c. 点击"INC"（增加）按钮或"DEC"（减少）按钮改变数据值。

d. 如果数据超出高低限，弹出再确认窗口。

e. 再次确认数值。

（4）改变仪表操作模式

a. 点击仪表面板模式显示区（显示 MAN、AUTO、CAS 区）。

b. 弹出仪表模式改变对话框。

图 7-25 仪表操作面板的增减操作

c. 在仪表模式改变对话框中点击"MAN"（手动）或"AUTO"（自动）或"CAS"（串级）按钮（仪表模式显示示意图如图 7-26 所示）。

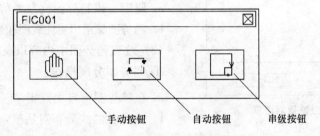

图 7-26 仪表模式显示示意图

d. 确认弹出"确认"对话框。

5. 报警处理

当产生过程报警或系统报警时，DCS 会声音报警，同时系统信息窗口工具栏上相应按钮会闪亮。

（1）确认报警

① 从"系统信息窗口"确认。

a. 当听到报警声，查看工具栏上闪亮按钮，确认报警类型。报警窗口示意图 7-27 所示。

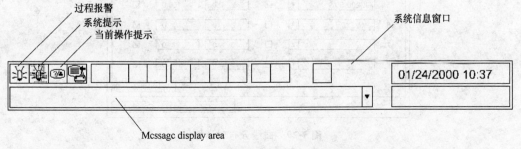

图 7-27 系统信息窗口中报警示意图

b. 点击工具栏上闪亮按钮。

c. 弹出相应的信息窗口。

d. 点击"√"（确认按钮）。

② 从"导航器"确认。

a. 当听到报警声，点击系统信息窗口工具栏上的"Navigator"（导航器）按钮。

b. 弹出导航器窗口。

c. 双击导航器窗口中闪亮信息。

d. 弹出相应的信息窗口，确认步骤同上。

（2）从"过滤器对话框"信息查找

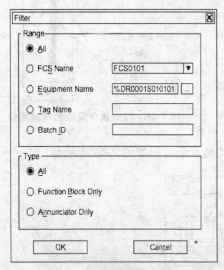

图 7-28 过滤器对话框

a. 点击过程报警窗口中"Filter"（过滤器）按钮。

b. 弹出过滤器窗口（图 7-28）。

c. 在过滤器对话框中，确定需要查找报警的范围、类型。

d. 报警窗口就会显示查找到的报警。

6. 历史趋势图的读取

利用趋势图可以读取或保存历史、当前数据。

（1）在趋势窗口中获取数据

a. 调用一幅趋势图（参考前面的调用方法）。

b. 趋势图显示历史曲线图和当前参数实时数值。

（2）改变趋势图中内容以及趋势图重组

① 趋势图分配操作。

a. 在趋势图窗口中点击"✎"按钮。

b. 弹出各曲线分布对话框，如图 7-29 所示。

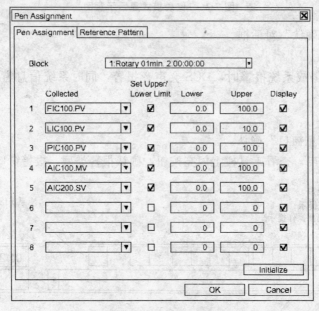

图 7-29 曲线分布对话框

c. 通过改变各曲线参数的高低限值（高低限也可以采用默认值），来改变曲线趋势。

d. 对需在趋势窗口显示的曲线数据，在〔Display〕下相应曲线的图框中打（√）。

e. 点击"OK"确认。

② 趋势图重组。

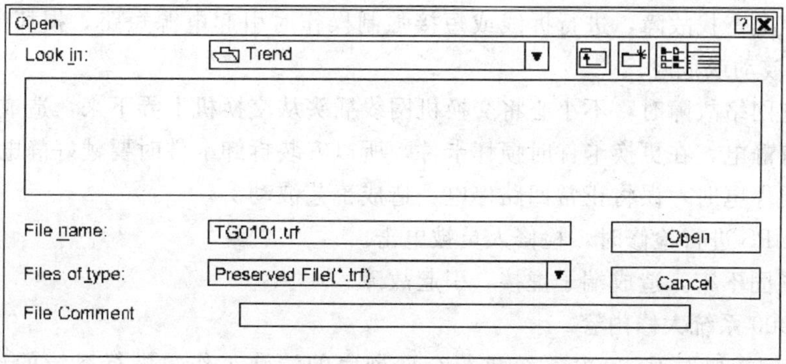

图 7-30　趋势图重组中打开趋势文件的对话框

a. 在趋势窗口中，点击" "键。

b. 在弹出的对话框中，选择存储趋势数据的文件类型（图 7-30）。

c. 选择相应的趋势文件。

d. 点击"OPEN"键。在当前趋势窗口就显示出存储在文件中历史数据。

四、CS3000 系统故障判断及处理

1. 硬件故障

这类故障是指过程控制层的故障，主要是 DCS 系统中的模块，特别是 I/O 模块损坏造成的故障。这类故障一般比较明显且影响也是局部的，比如：参数显示没有变化，排除现场仪表故障可能后仍不能操作执行机构和电动门等。它们主要是由于使用不当或使用时间较长，模块内元件老化所致。如果模块周围的环境灰尘超标、温度高、湿度大将会大大缩短模块的使用寿命，因此鉴于 DCS 系统对温度、湿度、清洁度的严格要求。在安装前，操作室尤其是过程控制室的土建、安装、电气、装修工程必须完工，如在夏季，空调要及时启用。另外，尤其在管道夹层上过程控制室，其盘柜的电缆孔洞一定要封堵好，否则，一旦管道漏气窜入盘柜，即有可能造成重大故障。

2. 软件故障

这类故障是软件本身的错误引起的。一般出现在 DCS 系统投运调试阶段，因为应用软件程序复杂，工作量大，所以应用软件错误难以避免，这就要求在 DCS 调试试运阶段热工人员和运行人员应十分认真，及时发现并配合 DCS 系统调试人员解决问题，此类故障在 DCS 系统正常运行后很少见。

3. 人为故障

失误原因多种多样，有维护人员操作错误、专业水平欠佳、监护不到位、没有进行事故预想、管理有漏洞等原因。在实际运行操作中，有时会出现 DCS 系统某功能不能使用，但实际上 DCS 系统并没问题，而是操作人员操作不熟练或操作人员错误操作引起的。因此

DCS 系统供货厂家应及时向运行人员提供 DCS 操作手册，初次使用 DCS 系统的操作工要经过培训后才能上岗操作。

五、CS3000 系统故障处理风险分析

① 在工程师站查找故障时操作过快，引起工程师站死机。

② 在线下装程序，造成系统程序混乱，引起危险。

③ 在机柜上查找故障，进行拆线或短接强制操作时引起电源短路，损坏卡件或造成跳闸，引起工艺波动或危险。

④ 在检查网络故障时，不小心将交换机网线插头从交换机上弄下来，造成网络中断。

⑤ 手上有静电，在更换卡件时损坏卡件，所以安装拆卸卡件时要戴好静电护腕。

⑥ 在需要停电时，误将正常回路停电，造成工艺波动。

⑦ 在对 UPS 进行检修时，检修人员被电击。

⑧ 端子紧固不牢，造成端子虚接，引起故障。

六、CS3000 系统大修内容

在大修期间需要对 CS3000 系统进行全面彻底的清洁工作、进行系统的诊断及测试工作。如果装置流程有变化，则需要在 DCS 对新增加仪表测点及回路进行组态。还有就是对 UPS 电池进行充放电，对 DCS 组态资料进行备份等工作。

1. 大修前的准备

根据系统平时运行的具体情况，制定大修检修方案，准备好各种工具和备件，编制出切实可行的大修工作进度表。同时进行系统的备份工作、记录下回路的 PID 参数和报警值工作。

2. 系统停电步骤

① 每个操作站依次退出实时监控及操作系统后，关闭操作站工控机及显示器电源。

② 逐个关闭控制站电源箱电源。

③ 关闭各个支路电源开关。

④ 关闭 UPS 电源开关。

⑤ 关闭总电源开关。

3. 维护内容

操作站、控制站停电清洁检修。清洁工作包括卡件、模块的清理，接线、电缆的清理，过滤网、风扇的清洁，机柜、操作站、工程师站的整体清理，鼠标、键盘、显示器的清理。

系统供电的检查。包括电源电压的检测、直流稳压电源的检测、电源电缆线的检测、电源保险的检查和更换、电源保护接地的检查和紧固。

接地系统检修。包括端子检查、对地电阻测试。

通信线路检查。确保各节点可靠连接，做好双重化冗余测试。

4. 系统上电。

系统重新上电前必须确认接地良好，包括接地端子接触、接地端接地电阻。

首先合上配电箱的总断路器，检查输出电压是否符合要求。

【训练项目】

常压塔顶回流流量对常减压装置是非常重要的，从塔顶分馏出沸点较低的产品汽油，其流量也影响着塔顶汽油的质量，以及塔自身的稳定与安全，所以使其受控是非常重要的。现有某常减压装置常压塔顶回流流量不正常，欲对其进行修改，并查看之前的历史趋势图，并且能绘制常减压装置的工艺流程图。

步骤如下。

① 调出工艺流程图画面（之前三种方法任选），现以工具条为例。

a. 点击系统信息窗口工具栏上的"Toolbox"（工具条）按钮。

b. 弹出工具条。

c. 点击工具条的流程图"Graphic"（流程图）项。

② 双击塔顶回流量，显示仪表面板如图 7-31 所示。

③ 双击底部对话框，对对画框内数值进行修改，如图 7-32 所示。在数据输入区内输入数据，再回车确认。

④ 查看历史趋势图，从功能键中找到历史趋势图点击后如图 7-33 所示。

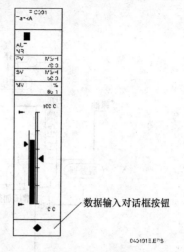

数据输入对话框按钮

图 7-31　仪表面板

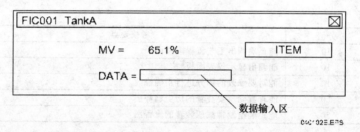

数据输入区

图 7-32　数值修改

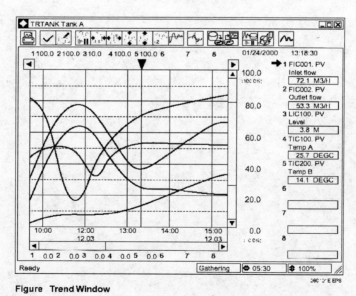

Figure　Trend Window

图 7-33　查看历史趋势图

⑤ 绘制常减压的工艺流程图，见图 7-34。

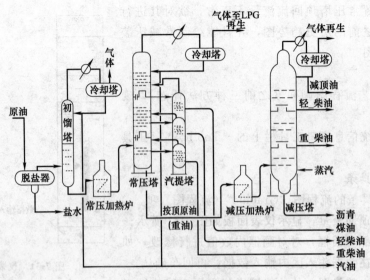

图 7-34　常减压的工艺流程图

【考核】

项目	分值	考核要点	得分
修改塔顶 回流量	10	能正确调出工艺流程图画面	
	10	能调出显示仪表面板	
	10	能对要修改的部分进行正确修改	
查看历史趋势	20	能查看到所要查看的历史趋势图	
绘制流程图	50	能正确绘制常减压装置的流程图	

参 考 文 献

[1] 厉玉鸣. 化工仪表及自动化. 第 4 版. 北京：化学工业出版社，2010.
[2] 厉玉鸣. 化工仪表及自动化. 第 5 版. 北京：化学工业出版社，2011.
[3] 孟华，刘娜，厉玉鸣. 化工仪表及自动化. 北京：化学工业出版社，2009.
[4] 王化祥. 自动检测技术. 第 2 版. 北京：化学工业出版社，2009.
[5] 张宏建. 自动检测技术与装置. 第 2 版. 北京：化学工业出版社，2009.
[6] 刘玉梅等. 过程控制技术. 第 2 版. 北京：化学工业出版社，2009.

参考文献